Dogan Yavuz
# Der späte Start

*Über den Autor*

Dogan Yavuz arbeitete viele Jahre als Konstrukteur an Maschinen für die Lebensmittelindustrie. Erst ein persönlicher Schicksalsschlag gab ihm den Impuls, zu schreiben. »Das Schreiben half mir enorm, diese schwere Zeit in meinem Leben zu verarbeiten«, sagt er selbst über die Entstehung seines ersten Buches: »Der späte Start«.Schon während er dieses Buch schrieb, kamen ihm die Ideen zu den anderen Büchern, was ihn dazu bewegte, einen neuen beruflichen Weg einzuschlagen. Dogan Yavuz ist nicht nur Schriftsteller, sondern steht auch Menschen in Veränderungsprozessen zur Seite und unterstützt sie, ihren Weg zu finden. Der Beruf des Schriftstellers und der eines Coaches ergänzen sich seiner Meinung nach ideal. Erfahrung trifft auf Know-how und mündet in Expertise, die jedem Leser zugute kommt. Der Autor lebt mit seiner Frau und den vier Kindern gemeinsam in Bad Kreuznach. In der idyllischen Landschaft und Natur rund um Bad Kreuznach holt er sich Inspiration und Kraft für seine neuen Projekte. Zu seinen literarischen Vorbildern gehören Paulo Coelho und Dr. Wayne Dyer. Auch bei Dogan Yavuz stehen Gefühle und Emotionen im Vordergrund. »Worte sind lebendig gewordene Gedanken, die Bilder erzeugen und Gefühle vermitteln sollen«, sagt er. Für 2020 sind die Veröffentlichungen zweier weiterer Bücher geplant.

Dogan Yavuz

# Der späte Start

HINWEIS: Liebe LeserInnen, über Ihr Feedback, Ihre Anregungen und Gedanken, würde ich mich sehr freuen. Schreiben Sie mir: doganyavuz1078@gmail.com

Dieses Buch basiert auf einer wahren Begebenheit. Darüber hinaus ist jede Ähnlichkeit mit lebenden oder toten Personen sowie realen Geschehnissen rein zufällig und nicht beabsichtigt.

Bibliografische Information der Deutschen Bibliothek. Die Deutsche Bibliothek verzeichnet diese Publikation in der Deutschen Nationalbibliografie; detaillierte bibliografische Daten sind im Internet unter http://dnb.ddb.de abrufbar.

TWENTYSIX – Der Self-Publishing-Verlag
Eine Kooperation zwischen der Verlagsgruppe Random House und BoD – Books on Demand

Herstellung und Verlag:
BoD – Books on Demand, Norderstedt

© 2019 Dogan Yavuz

Projektmanagement & Lektorat: Isabella Kortz, www.isabellakortz.com
Buchsatz & Illustration: Peter Frankemölle, *Digitales in Schön*
Covergestaltung: Wolkenart – Marie-Katharina Wölk, www.wolkenart.com
Autorenfoto: www.foto-rimbach.de
Korrektorat: Wolfgang Rasp, correctmore@aol.com

ISBN: 978-3-740-70716-3

*Für all jene Menschen,*
*die in der schwersten Not an meiner Seite standen.*
*Die mir Kraft, Mut und Hoffnung gaben,*
*nach vorne zu blicken.*

*Für meine Familie,*
*die immer für mich da ist.*

*Für meine vier Kinder:*
*ihr seid der Grund zur Freude in meinem Leben.*

*Für meine Frau,*
*die in meiner Dunkelheit mit ihrem Strahlen*
*ihre Liebe auf mich geworfen hat*
*und mein Leben bis heute erhellt.*

*Euch allen möchte ich sagen: Danke, dass es euch gibt.*

# Inhalt

# Vorwort

Dies ist die Geschichte eines Mannes, der geliebt werden wollte. Der eine Familie hatte und dem dieser Traum zerbrach. Es ist die Geschichte eines Lebens, das sich in kürzester Zeit drehte und wendete, von oben nach unten, von links nach rechts. Scheinbar ohne ersichtlichen Grund war er seinem Schicksal ausgeliefert. Doch nach genauem Hinsehen, Erfahren und Erleben, erkannte er, warum all dies geschehen musste.

Mein Name ist Dogan. Ich bin Gastarbeiterkind der 3. Generation und befinde mich in der Mitte meines Lebens. Durch die Erfahrungen, die ich machen durfte, habe ich für mich erkannt, worauf es im Leben wirklich ankommt und dass alles einen tieferen Sinn hat. Es sind meine Erkenntnisse, an denen ich Sie, liebe Leser, teilhaben lassen möchte.

Ich bin überzeugt davon, dass wir alle aus einem ganz bestimmten Grund hier sind. Dass alles, was uns widerfährt und was wir tun, einen Sinn erfüllt. Das ist keine religiöse Überzeugung. Ich bin nicht sonderlich religiös erzogen worden. Meine Eltern haben darauf geachtet, uns so frei es geht in unserem Glauben und Denken heranwachsen zu lassen.

*Jede Lebenserfahrung, jedes Erlebnis will uns auf etwas hinweisen, uns etwas zeigen.*

Unser Schicksal ruft uns zu: »Da, sieh da hin!« Die Zeichen säumen unseren Weg, wo wir auch gehen und stehen. Wir haben nur verlernt, hinzuschauen und zu vertrauen. Wir alle tragen dieses spezielle Wissen in uns: ein Wissen, das uns den Weg zeigt und intuitiv spüren lässt, ob dieser Weg, den wir eingeschlagen haben, noch stimmig ist.

Dieses Buch soll Sie dazu animieren, zu erkennen, zu sehen, zu fühlen und die Lektionen, die unseren Weg säumen, anzunehmen. Die Schönheit des Lebens begleitet uns überall und zu jeder Zeit. Es muss nicht dieses eine Ereignis sein, was uns erfüllt. Oder die Umstände, die uns zu »Opfern« machen und dazu führen, dass wir uns »leer« fühlen. Einzig, wie wir mit den Umständen des Lebens umgehen, ist entscheidend. Ich möchte Sie in diesem Buch dazu anregen, jeden Tag, jede Stunde und jede Minute zu genießen. Die meisten Menschen sehnen sich so sehr nach Sicherheit, dass sie darüber zu leben vergessen. Vor lauter Verpflichtungen ist es ihnen gar nicht mehr möglich, in der Gegenwart zu sein. Dabei ist diese vermeintliche Sicherheit nur eine Illusion. Denn die Wahrheit ist: nichts ist sicher! Es gibt keine garantierte Sicherheit in unserem Leben. Was aber ganz sicher ist: dieser jetzige Moment wird nicht wiederkommen. Zeit ist Leben – und Gedanken an die Vergangenheit oder Sorgen um die Zukunft existieren nur in unseren Köpfen …

In diesem Buch möchte ich Sie auch daran erinnern, dankbar zu sein. Nicht nur für das, was Sie besitzen. Ich meine Dankbarkeit für das Leben an sich. Dankbarkeit für die leckere Sonntagstorte, die so köstlich schmeckt. Dankbarkeit für die Gerüche, die wir beim Waldspaziergang nach einem Regentag wahrnehmen. Dankbarkeit für das Toben unserer Kinder, das wir beobachten oder an dem wir teilhaben dürfen. Ja, Sie dürfen leben. Mag sein, dass die Umstände Ihres Lebens vielleicht gerade besser sein könnten als sie sind, aber Fakt ist: Sie leben!

Dieses Buch soll Sie außerdem dazu animieren, an sich selbst zu glauben. Auch wenn kein anderer es tut, tun *Sie* es! Es gibt keinen Menschen auf dieser Welt, der Sie besser kennt als Sie selber. Sie kennen Ihre Stärken, Ihren Willen, Ihren Mut, Ihre Ausdauer. Also machen Sie sich groß. Die Welt braucht Menschen, die groß denken und groß handeln. Natürlich erfordert es Mut und Sie müssen vermutlich das ein oder andere Mal über Ihre Grenzen springen. Aber was geschieht, wenn Sie es nicht tun? Dann werden Sie nie sehen, wie es auf der anderen Seite aussieht. Dieses Buch wäre nie geschrieben worden, wenn nicht auch ich den Sprung gewagt hätte …

———————————

Es gibt Zeiten im Leben, da macht man es sich so richtig gemütlich. Nicht nur körperlich, indem man sich auf die Couch schmeißt und sich eine Tüte Chips genehmigt, sondern auch, was den allgemeinen Gemütszustand betrifft, der sich über das gesamte Leben ausbreitet. Man fühlt sich insgesamt wohl. Die Arbeit scheint mühelos zu klappen, privat hat man keine Schwierigkeiten, in der Liebe läuft es, der eigenen Gesundheit und den Kindern geht es gut. Also alles super.

Und dann: Schnipp!

Von einer Sekunde auf die andere befindet man sich auf der anderen Seite des Lichts. Nämlich im Schatten. Dort fühlt sich nicht mehr alles so gut und leichtgängig an.

Alles fällt einem schwer, man kommt morgens nicht gut aus dem Bett und man fühlt sich einfach nur noch falsch in der

Welt. Nicht am richtigen Platz, irgendwie. Ich denke, viele Menschen kennen dieses Gefühl.

*Haben Sie sich auch schon einmal fehl am Platz gefühlt? Oder fühlen Sie sich vielleicht sogar aktuell gerade so?*

Nichts scheint mehr stimmig, alles fühlt sich merkwürdig an und man möchte am liebsten einfach nur weglaufen.

Dort beginnt meine Geschichte. Fehl am Platz. Allein mit 2 Kindern. In einem neuen Umfeld, in einer neuen Situation, in einem neuen Leben. Von einer Sekunde auf die andere. Einfach so.

Ohne Vorwarnung, ohne Eingewöhnungsphase und ohne Anleitung, wie es weitergeht und was die nächsten Schritte sind. Ohne gefragt zu werden, ob ich das überhaupt will. Ob ich das überhaupt kann, was da auf mich zugerollt kommt.

Wie macht man(n) dann weiter? Das Wichtigste für mich war das Vertrauen in das Leben. Darauf zu vertrauen, dass – ganz gleich, wie schwer, grausam und hart sich das in diesem speziellen Moment anfühlen mag – dieser Moment, wie alles in unserem Leben, vergänglich ist. Das Puzzle wird sich schon allmählich zusammensetzen und alles einen tieferen Sinn ergeben. Natürlich fühlte es sich erst einmal gar nicht danach an. Ich hatte einfach genug und wollte nur, dass es endlich vorbei ist.

Aber dann kam er: dieser Moment als ich erkannte, dass sich die Ereignisse nicht zufällig häuften.

Ich bin sicher: Sie kennen selbst harte, traurige oder nervige Zeiten im Leben? Wir alle durchleben solche Momente – und überstehen sie. In der Nachschau betrachtet, haben diese

Momente nicht nur Negatives und Trauer in uns bewirkt. Im besten Falle haben wir etwas lernen dürfen, sind innerlich gewachsen und reifer geworden. Die Schicksalsschläge, die uns ereilen, sind Lernaufgaben und das Leben gibt uns die Möglichkeit dazu. Immer wieder.

# Das Ende eines Traums

Meine Geschichte fängt dort an, wo Sie für andere scheinbar endet: mit einer Trennung. Nichts Ungewöhnliches in unserer schnelllebigen Zeit, in der Partner teilweise schneller gewechselt werden als das eigene Auto.

Ich war aus beruflichen Gründen für ein Jahr in eine andere Stadt gezogen. Geplant war, dass ich erst einmal teste, wie es dort mit dem Beruf klappt, ob die Probezeit für mich gut verläuft und die neue Stadt etwas für unsere Familie ist. So wohnte ich also ein Jahr lang in einer kleinen Pension und pendelte an den Wochenenden nach Hause. Zu diesem Zeitpunkt merkte ich nicht, dass sich etwas in unsere Beziehung einschlich. Maria war die ganze Woche alleine mit den Kindern und lebte ihren Alltag. Ich war die ganze Woche alleine und ging abends nach der Arbeit meinen Hobbys nach. Obwohl wir täglich skypten, lebten wir in unterschiedlichen Welten. Jeder entwickelte sich in eine andere Richtung, ohne dass es uns bewusst war. Und nach diesem einen Jahr war es dann vorbei. *Maria* verließ mich.

Nach zehn Jahren Partnerschaft und zwei wundervolle Kinder später endete er: mein Traum von einer Familie, so wie ich sie noch von meinen Eltern und Großeltern kannte. Ein Leben lang in Harmonie, bis man gemeinsam die Enkel aufwachsen sieht. Illusion zerplatzt! Ich war geschockt. Konnte ich so blind gewesen sein? Alle Zeichen übersehen haben? Waren da überhaupt Anzeichen gewesen?

Ein großes Problem bereitete mir die damalige Arbeitsstelle, die knapp 300 Kilometer von unserer (damals) gemeinsamen Wohnung entfernt war.

Tägliches Pendeln, um die Kinder zu sehen, war nicht zu bewältigen. Was also tun? Job wechseln? Seltener pendeln? Eine kleine Wohnung in der Nähe meiner Kinder anmieten?

Ich hatte keine Idee, wie es weitergehen sollte, was aus den Kindern und was aus mir werden sollte. Tausende von Fragen im Kopf und keine passenden Antworten.

Meine Gefühle spielten verrückt und ich machte mir Vorwürfe, nicht genug getan zu haben. Nicht aufmerksam genug gewesen zu sein für das langsame Einschleichen des Alltags und das stetige sich-aus-den-Augen-verlieren. Mich nicht so darum gekümmert zu haben, wie ich mich hätte kümmern sollen. Stattdessen bemüht gewesen zu sein um das stetige Hinterherlaufen hinter dem nächsten Ziel, der nächsten Herausforderung, der nächsten Steigerung, dem nächsten irgendwas. Ziele verfolgen, Karriere planen, weiterkommen. Jemand sein. Jemand darstellen. Meine Rolle gut ausfüllen.

Ja, so passiert es dann wohl, dass sich Lebenskonzepte, Träume und Wünsche ändern und man nicht mehr in eine gemeinsame Richtung schaut. Andere Ziele verfolgt, andere Werte annimmt und schon ist jeder für sich in eine andere Richtung abgebogen.

Was ich auch versuchte, der Zug war abgefahren. Ich erkannte relativ bald, dass die Beziehung nicht mehr zu retten war. Meine

Bemühungen verliefen im Sande. Was ich auch versuchte, es war vergebens. Ich musste es akzeptieren. Es war vorbei. So sehr ich auch meinen eigenen Dämonen entfliehen wollte, es ging nicht. Je mehr ich die Wahrheit verdrängte, desto größer wurden die Probleme und der Druck in mir drin.

*Die Realität holte mich mit voller Härte ein. Ich musste mich mit dem Gefühl der Einsamkeit und des Versagens auseinandersetzen.*

Die nächsten Tage und Wochen verbrachte ich damit, mein Leben wieder in geordnete Bahnen zu bringen. So beschloss ich, mir eine Wohnung in der Nähe meiner Arbeitsstelle zu suchen und an den Wochenenden zu meinen Kindern zu pendeln. Das war fürs Erste mein Plan, bis mir hoffentlich etwas Besseres einfallen würde ...

Die ersten sechs Monate lebte ich mit drei weiteren Arbeitskollegen in einer Männer-WG. Völlig ungewohnt und anders, aber ohne Probleme. Jeder ging nach der Arbeit seinen Hobbys nach. Da alle ihre Familien nicht in der Nähe hatten, unternahmen wir auch öfter etwas gemeinsam. Geteiltes Leid ist halbes Leid, wie man so schön sagt. Die Bedürfnisse, die man(n) hat, tendieren in einer so umwühlenden Zeit gegen null. Mein Zimmer hatte ungefähr neun Quadratmeter und ein Fenster. Ausreichend. Mein Bett bestand aus zwei Decken auf dem Boden und darauf lag eine etwas dickere Luftmatratze.

Meine Ernährung war ebenso spartanisch: Toast wurde zu meinem täglichen Begleiter. Ich lernte viele neue Kreationen von Toastbroten in der Zeit kennen. Meine Tage vergingen alle im selben Muster, im selben Trott. Meine innere Leere zeigte sich auch nach außen. Ich ging arbeiten, kam nach Hause oder besser gesagt zu meinem Schlafplatz, machte den Fernseher an und schlief irgendwann ein. Tagein und tagaus. Unterbrochen wurde dieser Rhythmus nur von Attacken des Selbstmitleids. Darin wurde ich Profi. Jeder Anflug von Glücksgefühlen wurde von mir unterdrückt. Ich wollte leiden. Ziemlich genau sechs Monate lang ging das so.

Dann kam, woher auch immer, der Umschwung. Von einem Tag auf den anderen wusste ich, dass ich eine eigene Wohnung wollte. Meine eigenen vier Wände. Etwas kleines, gemütliches, wo ich zur Not auch meine Kinder unterbringen kann an dem einen oder anderen Wochenende. Nach zwei Wochen Suche war es dann endlich geschafft:

Ich stand in einer kleinen aber feinen Singlewohnung: ein-einhalb Zimmer, frisch renoviert, hell, freundlich und mit eigenem Balkon. Das passte mir sehr gut. Mein neues Reich richtete ich mir nach meinem Geschmack ein und die ersten Wochen und Monate in diesem neuen Zuhause vergingen mit Arbeiten, Essen, Sport, Schlafen. Der Schock saß noch tief und ich gab alles, um mich möglichst viel abzulenken. Damit bloß keine Zeit war für Grübeleien und keine Gefühle hoch-kamen. Denn jeder freie Moment, in dem ich nicht aktiv war, wurde für mich zur Tortur ... Zu viele Fragen quälten mich, zu viele Emotionen plagten mich und machten mir Angst. Am schlimmsten wurde es immer dann, wenn ich zur Ruhe kam. Wenn ich den gefühlten Verlust meiner Kinder und den zer-platzten Traum einer intakten Famillie fühlte.

*Nach der Arbeit kein Kinderlachen mehr, keine Teddys, die mich im Flur auf dem Boden liegend begrüßten, kein Knuddeln an der Tür und keine Gute-Nacht-Geschichten.*

All die schönen, über Jahre hinweg gelebten Rituale … Ich versuchte alles Mögliche, um den Kontakt zu meinen Kindern aufrechtzuerhalten. Ich wollte auf keinen Fall zu einer Erinnerung verkümmern. Also telefonierte ich täglich mit ihnen, schickte Briefe, bastelte Überraschungspakete und fuhr jedes Wochenende zu ihnen. An diesen kostbaren Wochenenden verbrachten wir sehr schöne und intensive Stunden gemeinsam.

Man darf sich nichts vormachen: als Wochenenddaddy ist man(n) bestrebt, das Beste und Schönste aus der Zeit mit seinen Kindern zu machen. Man ist nachsichtiger, einfühlsamer und insgesamt besser gelaunt. Kein Wunder, schließlich freut man sich ganze fünf Arbeitstage auf diesen Moment, seine Kinder wieder im Arm halten zu dürfen. Alle Neuigkeiten von der Schule und vom Kindergarten werden aufgesaugt und im Geiste nachgelebt. Wenn man nur noch zu einem Fragment im Leben seiner eigenen Kinder wird, nimmt man alles intensiver wahr. Man ist mehr im Moment und genießt die Stunden, die man gemeinsam hat, Minute für Minute.

Warum war ich nicht vorher schon aufmerksamer gewesen? Was hatte mich so abgelenkt? Diese Fragen stellte ich mir immer wieder. Warum musste ich erst unser altes Leben verlieren, um seinen wahren Wert erkennen zu können? Im Laufe der Zeit habe ich dazu meine eigenen, für mich plausiblen Theorien entwickelt.

> In der heutigen Zeit widmen wir dem Tun so viel Aufmerksamkeit, dass für das Sein kaum noch Zeit übrig bleibt. Wir hetzen von Termin

zu Termin, haken Punkt für Punkt auf unserer To-do-Liste ab. Renovieren unsere Häuser und Wohnungen – und wenn wir fertig sind, machen wir mit dem Garten weiter. Wir haben einfach immer etwas zu tun. Rastlos sind wir auf der Jagd nach irgendetwas, was uns Erfüllung geben soll. Doch wir suchen an den falschen Stellen. Wir suchen alles im Außen: schicke Häuser, schnelle Autos, super Job, ein toller sozialer Status. Wir sind wer und stellen etwas dar. Doch das ist nur die Hülle. Im Inneren sind wir leer, fühlen uns unverstanden, unglücklich und ausgebrannt. Eigentlich sehnen wir uns alle nur nach Liebe und Harmonie. In diesen Zeiten beginnt dann meist die Sinnfrage in unser Leben zu treten.

### *Familie gibt Halt und stärkt!*

Die gemeinsamen Wochenenden mit meinen Kindern vergingen jedes Mal viel zu schnell. Damit wir unsere kostbare Zeit zusammen nicht im Auto vertrödeln mussten, mietete ich für mich und meine Kleinen ein Zimmer im selben Haus, in dem auch meine Eltern lebten. So hatten die Kleinen zudem den Vorteil, ihre Großeltern regelmäßig zu sehen.

Woche für Woche begann am Sonntagmorgen der Prozess des Abschiednehmens: wir packten unsere Sachen, frühstückten noch gemeinsam mit meinen Eltern und machten uns dann auf den Weg von Wuppertal nach Essen – nach Hause zur Mama.

Dort tranken wir manchmal gemeinsam einen Kaffee, sie und ich, und tauschten uns aus.

Ich erkundigte mich nach Themen und Terminen, die in der Schule und im Kindergarten anstanden, denn ich wollte wenigstens, so weit es ging, noch Teil dieser Familie sein. Aber um ehrlich zu sein: bei den tagtäglichen Themen war ich raus. Die Entfernung machte es mir schlicht unmöglich, zum Beispiel pünktlich zu den Elternabenden zu erscheinen. Ich fand mich mit der Zeit damit ab, telefonisch informiert zu werden. Immerhin wurde ich informiert! Langsam und stetig lernte ich, solche unveränderbaren Gegebenheiten anzunehmen.

Wenn die Zeit der sonntäglichen Verabschiedung anbrach, hatte ich Woche für Woche einen Kloß im Hals. Anfangs redete ich mir noch ein, dass es mit der Zeit schon besser werden und ich mich irgendwie daran gewöhnen würde. Das blieb aber leider ein Trugschluss. Wie sollte ich mich auch an etwas gewöhnen, was ich eigentlich gar nicht wollte? Wenn ich eines in dieser Zeit gelernt habe, dann, dass man nicht gegen seine Gefühle ankämpfen und sie verdrängen kann. Sie sind einfach da. Man kann nur loslassen lernen und nach vorne schauen. So stieg ich also jedes Mal ins Auto, blickte noch einmal zu meinen Kindern und fuhr winkend los – was sie nicht mehr zu sehen bekamen, waren meine Tränen, die mir die Wangen hinunterliefen. Woche für Woche dasselbe. Nur der Zeitpunkt, wann die Tränen zu fließen begonnen, der änderte sich. Zu Anfang ging es noch an der ersten Straßenecke los, später dauerte es immerhin schon bis zur Autobahnauffahrt. Während der Fahrten hatte ich jedes Mal 3 Stunden Zeit, die schönen Erlebnisse Revue passieren zu lassen und mich wieder an die Einsamkeit zu gewöhnen.

Diese Stunden im Auto, alleine mit mir, meinen Gefühlen

und den Erinnerungen, das waren die wohl intensivsten, die ich während dieser gesamten Zeit erlebte. Ich durchlebte sämtliche Emotionen: Wut, Trauer, Ärger, Freude … Es gab kein Entrinnen. Klar, man kann versuchen, es zu verdrängen, doch dann kommt es irgendwann an anderer Stelle wieder hoch. Wenn nicht heute, dann morgen.

*Die Themen, die wir in uns tragen, wollen angesehen und gelebt werden.*

Das weiß ich heute, damals tat es einfach nur weh. Ich erlebte die Zeit im Auto jedes Mal als eine Trauerfahrt, in der ich fast die gesamte Heimfahrt über weinte. Es dauerte, bis sich das legte – um genau zu sein, ein halbes Jahr. Dann begann ich, statt zu weinen, lieber zu telefonieren, Hörbücher zu hören und zu essen. Ich begann, wieder Spaß zu haben. Mein Gedankenkarussell der immerzu gleichen Schleife aus Verzweiflung, Wut und Selbstverurteilung stand plötzlich still. Ich merkte, dass ich allmählich wieder im normalen Leben ankam.

# Nichts für echte Män-
# ner!

---

Melanie, eine Arbeitskollegin und sehr wertvolle Freundin riet mir damals, mir doch durch einen Therapeuten bei der Bewältigung helfen zu lassen. Anfänglich schien mir diese Idee zu abwegig. Therapeut? Ich? Ich bin doch nicht verrückt, mir geht es halt nur nicht so gut im Moment! No Way!

Es gibt sicher beliebtere Sachen – besonders für einen Mann Anfang dreißig, der mitten im Leben steht. Meine südländischen Gene unterstützen meine These noch, dass Therapie nichts für »richtige Männer« ist. Wir ziehen uns zurück und lösen unsere Probleme alleine, dachte ich. Also es war quasi ein Ding der Unmöglichkeit für mich, zu einem Therapeuten zu gehen. Noch dazu, wenn man wie ich aus einer Familie stammt, die Probleme einfach und pragmatisch regelt. Ohne Psychokram und Sentimentalitäten. Probleme löst man alleine oder höchstens im Verbund der Familie – so der Glaubenssatz, mit dem ich aufgewachsen bin. Nur was tun, wenn die Familie weiter weg lebt und die Kumpels einem nicht mehr zu sagen haben als: »Wird schon wieder!« – und ein Schulterklopfen dazu. Es vergingen zwei Monate, dann begann ich, im Internet nach Therapeuten zu suchen. Wenn man die Google-Suche startet, wird man überwältigt von dem Angebot. Mir schoss sofort durch den Kopf: wenn so ein großes Angebot herrscht, muss auch die Nachfrage da sein. Dann bin ich wohl nicht alleine?

Doch wie sollte ich bloß den richtigen Therapeuten bzw. die passende Therapeutin für mich finden? Unter all diesen vielen fremden Menschen den einen finden, dem ich mich anvertrauen und bei dem ich mich öffnen kann?

*Ich verließ mich auf meine Intuition und die Hoffnung, Glück zu haben.*

Also schaute ich mir zig Webseiten von Therapeuten an, machte Termine, verwarf sie wieder, führte Erstgespräche und tauschte E-Mails aus. Zunächst war niemand dabei, der mir zusagte. Doch dann, nach vier Wochen mehr oder weniger ernsthafter Suche, wurde ich auf eine Therapeutin aufmerksam. Die Webseite sprach mich an, die Inhalte waren gut erklärt, die Vita wirkte vertrauenerweckend. Das Gefühl passte sofort. Ich schrieb eine E-Mail und erhielt prompt am nächsten Tag eine nette Antwort-Mail mit Terminvorschlägen für ein Beratungsgespräch. Ich machte sofort einen Termin aus.

Ein kurzer Schock durchfuhr mich, als ich entdeckte, dass ein Arbeitskollege von mir im Nachbarhaus der Therapeutin wohnte. *Na super, bald wird jeder wissen, dass ich anscheinend nicht mehr sauber ticke und Hilfe brauche*, dachte ich. Moment!

*Waren etwa die Vorurteile der Menschen um mich herum zu meinen eigenen geworden?*

Ich erschrak kurz vor mir selber – und ließ diesen Gedanken einfach ziehen. Schließlich wollte ich, dass mir geholfen wird, damit es mir wieder gut ging. Punkt.

Ich wollte mich meinen Ängsten und meiner Trauer stellen, sie annehmen, verarbeiten und loswerden.

Am Tag des Termins war ich nervös. Bis dato hatte ich keine Erfahrung mit Therapeuten und war total unwissend, was mich erwartete.

Umso überraschter und glücklicher war ich, als alles sofort passte. Erleichtert stellte ich fest, dass ich mich bei *Roswitha* in sehr guten Händen befand. Und so folgten nach dem Ersttermin viele weitere. Nach jeder unserer gemeinsamen Sitzungen ging ich mit neuen Impulsen wieder heim. Roswitha war einfühlsam und schien bereits in dem Moment, wenn ich durch die Tür kam, zu wissen, was mit mir los war. Die Zeit bei ihr prägte mich enorm. Sie gab mir Hilfe zur Selbsthilfe und ich begann langsam zu verstehen, dass die Lösungen alle bei mir selbst lagen.

*Ich fing an, umzudenken und die Welt um mich herum so zu sehen, wie sie wirklich war und nicht, wie ich sie gerne gehabt hätte oder interpretierte.*

Dabei entdeckte ich auch mich selbst neu. Die Impulse meiner Therapeutin saugte ich auf wie ein Schwamm und entdeckte so auch die spirituelle Welt und deren Sichtweisen für mich.

Roswitha gab mir viele neue Denkanstöße, leitete mich an, an meiner Persönlichkeit zu arbeiten und auch ihre Buchtipps waren bereichernd.

Ich las sehr viel, vor allem Sachbücher zum Thema Persönlichkeitsentwicklung. Mich faszinierte besonders, wie sehr wir Menschen uns durch vorgegebene Strukturen und Glaubenssätze zu Gefangenen unserer selbst machen. Das Buch »Das LOLA-Prinzip« von René Egli zum Beispiel warf meine altbekannten Denk- und Handlungsmuster komplett über den Haufen und eröffnete mir einen neuen Weg:

Ich hinterfragte meine Gewohnheiten und vertiefte meine

Studien der Denkens- und Verhaltensmuster sowie der spiri-
tuellen Weisen in unzähligen weiteren Büchern. Das Lesen
bereicherte mein Leben ungemein und führte mich zu der
Erkenntnis, dass uns nicht die Lebensumstände das Leben
schwer machen, sondern unser eigenes Denken. Wie wir mit
Schwierigkeiten umgehen und zu den Herausforderungen
unseres Lebens stehen, das ist entscheidend.

*Lassen wir uns runterziehen oder erkennen wir in der Krise*
*unsere Chance, uns persönlich weiterzuentwickeln?*

Ich freute mich wie ein Kind, die Geheimnisse eines erfüllten
Lebens zu entdecken. Es erschien mir plötzlich ganz leicht
möglich, mir ein sinnerfülltes Leben zu erschaffen. So langsam
dämmerte mir, dass all die Weisheiten, die ich vorher zwar
bereits gehört und gelesen, wohl aber nie richtig verstanden
hatte, einen tieferen Sinn ergaben.

Ich reflektierte vieles und versuchte, nicht über andere Menschen zu urteilen. Diese neue Einstellung tat mir unheimlich
gut. Ich lernte, mich selbst zu lieben und mein Leben jeden
Tag voll umfassend anzunehmen und zu schätzen. Ich machte
Reisen nach Marokko und Mexiko und viel Sport. Alles wurde
leichter, ich fühlte mich geerdet und genoss die Zeit mit mir
selbst. Mein tägliches Mantra lautete:

*Ich nehme mich an und liebe mich, so wie ich bin.*

So vergingen vier Jahre – voller schöner Erfahrungen und einer
immensen persönlichen Weiterentwicklung. Im Nachhinein
betrachtet war dies die Vorbereitung auf das gewesen, was mir
erst noch bevorstand …

## Lichtmomente

Mein Leben lief wieder gut. Der Job machte mir Spaß, ich genoss meine neue Freiheit und die – wenn auch begrenzte – Zeit mit meinen Kindern. Vielleicht erschienen mir die Momente mit meinen kleinen Lieblingen gerade deswegen sehr besonders. Ich versuchte, ihnen so viel es ging, in dieser kurzen gemeinsamen Zeit mitzugeben. Ihnen die Welt spielerisch näherzubringen und ihre Neugierde auf das Leben am Sprudeln zu halten. Ich vermittelte ihnen, vorurteilsfrei zu handeln, aus dem Bauch heraus zu entscheiden, sich nicht von anderen Menschen beschränken zu lassen und den Mut zu haben, sich selbst zu vertrauen. Und natürlich taten wir eine Menge, was Kinder gerne tun. Wir bastelten, malten auf Leinwände, bauten Roboter und probierten allerlei sportliche Herausforderungen zusammen aus. Ich wurde durch meine Kinder selbst wieder zum Kind und schien der einzige Papa auf der Welt zu sein, der auf Spielplätzen sprang, hüpfte und im Sand wühlte oder im Kinderland durch Minirohre krabbelte, bis die Knie blau waren. Manchmal beneidete ich die Eltern, die einfach nur rumsaßen, ihren Kaffee tranken und ein Buch lesen konnten, während ihre Kinder spielten. Aber nur kurz, dann kam sofort mein Spieltrieb wieder zum Vorschein und ich hüpfte wie ein wahnsinniger aufs Trampolin.

*Es machte einfach zu viel Spaß, wieder Kind zu sein und toben zu dürfen. Mal nicht korrekt und angepasst zu sein.*

Einfach alles rauszulassen. Welch eine Befreiung für die Seele und eine Riesenfreude. Was für ein Spaß, all diese wunderbaren, verrückten Dinge gemeinsam mit meinen Kindern zu erleben.

Diese Zeiten, das wissen wir alle, sind begrenzt. Irgendwann kommen andere Gegebenheiten, und schon sind diese innigen Momente nur noch Erinnerungen und unsere Kinder gehen ihre eigenen Wege. Die Kinder werden sich abnabeln und es wird zu uncool, mit den Eltern rumzualbern. Dann ist die Zeit weg, lässt sich nicht mehr wiederholen. Und wofür? Damit wir in Ruhe unser Buch lesen, uns mit unserem Handy ablenken oder einfach nur die Zeit absitzen können? Mal ehrlich: was tun wir in der Zeit, in der wir mit unseren Kindern spielen könnten, denn Sinnvolles? Meiner Meinung nach gibt es nicht viel Sinnvolleres als sich mit seinen Kindern zu beschäftigen, wenn die Gelegenheit da ist. Für mich ist es das Schönste auf der Welt, diesen tollen, kleinen Erdenbewohnern so viel Neues in ihrem Leben mit auf den Weg geben zu können. Sätze, die wir mal sagten oder Dinge, die wir mit ihnen gemeinsam machten, werden vielleicht ein Meilenstein in ihrer Erinnerung werden. Was gibt es Schöneres? Auf der anderen Seite sind unsere Kinder die besten Lehrer, die es nur gibt. Wenn wir uns darauf einlassen können, gibt es so unglaublich viel, was wir von ihnen lernen können: Unvoreingenommenheit, Mut, Freude, Unbekümmertheit, Neugier, Ehrlichkeit, echten Spaß ... Manches davon müssen wir uns Erwachsene später aus

Büchern oder in Kursen mühsam wieder aneignen. Wie verrückt! Wir versuchen, unsere Kinder in gewisse Strukturen zu pressen, aus denen sie etliche Jahre später wieder versuchen, auszubrechen. Wieso lassen wir sie in ihrer Herrlichkeit und Unbekümmertheit nicht einfach so wie sie sind und helfen ihnen weiter und unterstützen sie, wenn sie uns brauchen? Deswegen mein Rat an alle Eltern: auf zum nächsten Klettergerüst und ins nächste Abenteuer!. Die Zeit mit diesen kleinen Menschen ist begrenzt und kommt nie mehr zurück.

Mein Leben pendelte sich wieder ein. Ich hatte mich gefangen und für mich einen guten Rhythmus gefunden. Ich lebte in zwei Welten: montags bis freitags Büro, Sport, Freizeit und persönliche Entwicklung. Die Wochenenden und die Hälfte der Ferien verbrachte ich mit meinen Kindern. Meine ehemalige Lebensgefährtin und die Mutter meiner Kinder baute sich ein neues Leben mit beruflicher Neuausrichtung und neuem Partner auf. Die Kinder kamen mittlerweile auch sehr gut mit der Situation zurecht – über den neuen Partner an der Seite ihrer Mutter gab es auch keine heimlichen Klagen. Mark schien ein Mann zu sein, der sicher im Leben stand. Er war schon ein paar Jahre älter, wusste genau, was er wollte und wirkte in sich gefestigt. Kein Grund für mich, beunruhigt zu sein. Ich war zufrieden, meine Kinder entwickelten sich gut. Alles war bestens.

Bis zu jenem Anruf, der mein Leben komplett verändern

sollte. Nichts, aber auch gar nichts war danach wieder so wie vorher. Eine komplette Kehrtwendung – zurück vom Licht wieder ins Dunkel.

# Der Abschied

Juli 2014. Sommer. Sonne. Sonnenschein. Drei Wochen Urlaub. Ich verbrachte diese Zeit mit meinen Kindern in Wuppertal. Meine Eltern waren mir eine große Hilfe in den Ferien und dass wir im selben Haus lebten, erleichterte vieles für mich. Sie übernahmen das Kochen, Waschen und auch das Kinderprogramm, wenn ich mal 2 Stunden Auszeit vom »Animateursleben« brauchte.

Ja, als Teilzeitdad setzt du dich ganz schön unter Druck, ständig performen und abliefern zu müssen. Es gilt, die Zeit bestmöglich zu nutzen und das, was fehlt, auszugleichen. Noch so ein Trugschluss. Erstens ist die Zeit nicht verloren, man hat ja dennoch gelebt – die Zeit nur anders genutzt. Die Kinder haben in der Zeit ebenfalls anders gelebt und auch nicht ständig an den Vater gedacht.

Da musste ich mir einfach eingestehen, dass das Leben auch ohne mich, den Vater, für meine Kinder, die damals sechs und neun Jahre alt waren, zu Hause weiterlief. Die Wahrheit anzuerkennen ist der erste Weg zur Weisheit, sagt doch der Volksmund so treffend. Die Tage, die wir gemeinsam verbrachten, waren lang und wunderschön, eine Aneinanderreihung von Anekdoten. Eine Zeit, die uns zusammenschweißte, die uns einander näherbrachte. Ich möchte behaupten, wir waren ein gut eingespieltes Team. Morgens frühstückten wir schön gemütlich und planten unsere gemeinsamen Aktivitäten. Da es sehr heiß war in diesem Sommer, verbrachten wir die meiste Zeit im Freibad. Im Wellenbad, mit dem Geruch von Chlor und fettigen Pommes in der Nase. Johlende und tobende Kinder, wo man auch nur hinsah. Als Erwachsener hatte ich kaum Platz im Wellenbecken, wenn der Gong zur nächsten Wellenrunde ertönte. Wie Ameisen stürmten die kleinen Menschen ins große Becken. Arme, Beine und hüpfende Schwimmflügel, so weit das Auge reichte. Zwischendurch ein Espresso für den Papa und Äpfel für die Kids, dann ging es weiter im kühlen Nass. Von morgens 10.00 bis abends 19.00 Uhr hielten wir durch. Dann war weder bei mir noch bei den Kindern Energie übrig. Wir schafften es noch, etwas zu essen, dann fielen wir gemeinsam in den Schlaf. Das lief so fast drei Wochen lang, mit ein paar Ausnahmen. Zwischendurch machten wir auch mal einen Entspannungstag, taten einfach nichts und saßen im Garten – spritzten mit Wasserpistolen rum oder heizten den Grill von Opa Ilyas ein. Ohne diese Ruhetage hätte ich wahrscheinlich mehr als sechs Kilo verloren. Und das ganz ohne Verzicht aufs Essen.

*Ich entdeckte das beste Abnehmprogramm der Welt in dieser Zeit: Einfach jeden Tag mindestens 6 Stunden mit den Kindern spielen und toben!*

Wie üblich im Urlaub verging auch diesmal die schöne gemeinsame Zeit viel zu schnell. Die drei Wochen vergingen wie im Fluge. Am letzten Tag spürten wir alle, dass die Trennung bevorstand. Irgendwie schien jeder einen Kloß im Hals zu haben. Die Mama kam, wir tranken noch gemeinsam Kaffee und redeten über die Aktivitäten, die wir gemeinsam erlebt hatten. Da waren schon einige lustige Storys zusammengekommen. Meine Eltern waren auch sehr traurig. Hatten sie doch das erste Mal ihre Enkel drei Wochen am Stück bei sich. Das schweißte auch Großeltern und Enkel sehr zusammen. Ich half *Maria* noch beim Beladen des Autos, dann drückte ich meine Kids innig und lange und sah ihnen hinterher, als sie winkend im Auto davonfuhren.

Diese Momente der Trennung waren immer wieder sehr unschön für mich. Machten sie mir doch immer wieder deutlich, dass ich bald wieder alleine sein würde. Ich packte ebenfalls meine Sachen, verabschiedete mich von meinen Eltern und machte mich ebenfalls auf den Heimweg.

*Doch dieses Mal war das Gefühl anders als sonst: ich fühlte mich einfach nur leer. Keine Gedanken beschäftigten mich, mit denen ich versuchte, diese Leere zu füllen.*

Die Stimmen der Kids noch im Ohr, starrte ich dumpf auf die Fahrbahn vor mir. Stunde um Stunde verging in dieser Leere, dann endlich kam ich zu Hause an. Ich legte mich sofort ins Bett und schlief einen tiefen, traumlosen Schlaf.

Der nächste Tag begann schwieriger als die, an die ich mich die letzten Wochen schon so schön gewöhnt hatte. Ich wachte nun alleine auf. Der Wecker klingelte um 6.00 Uhr und läutete mit seinem gnadenlosen Gepiepse das »normale Leben« wieder ein. Ich erledigte im Autopilot-Modus und mit steifen Gliedern meine Morgenroutine und ging zur Arbeit.

*Wie wahnsinnig gut wir Menschen uns doch anpassen können!*

Für gewöhnlich war immer nur der Anfang besonders schwer. Nach drei Tagen zurück in der Arbeit fühlte ich mich stets so, als ob ich gar nicht weg gewesen wäre. Es erstaunte mich jedes Mal aufs Neue, wie sehr man sich auch an noch so schwere Situationen und Umstände gewöhnen konnte. Das erste Wochenende nach den gemeinsamen Ferien hatte ich für mich, Maria fuhr mit den Kindern und ihrem neuen Partner Mark in einen Kurzurlaub. Ich beschloss, die Zeit in der Natur zu verbringen und eine ausgedehnte Radtour im Wald zu unternehmen. Den Rest des Wochenendes verbrachte ich mit Lesen – und dann war es auch schon wieder rum. Mir fiel erst am Montag bei der Arbeit auf, dass ich das ganze Wochenende kein einziges Wort gesprochen hatte. Eine sehr interessante Erfahrung.

> Ich kann jedem nur ans Herz legen, sich für eine gewisse Zeit sprechabstinent zu machen. Das bringt Ruhe und Klärung.

Das darauf folgende Wochenende war wieder für meine Kinder reserviert und ich plante eifrig, was wir gemeinsam veranstalten könnten, um ein wenig Spaß zu haben.

Am Freitag erhielt ich früher als üblich eine Nachricht von Maria, ob ich nicht eher kommen könnte, es wäre etwas passiert. Natürlich erschrak ich und fragte sofort nach, ob alles in Ordnung sei.

Sie schrieb mir zurück, sie sei von ihrer Frauenärztin ins Krankenhaus eingewiesen worden und bräuchte mich, um die Kids zu übernehmen. Also ließ ich mir flott das Einverständnis meines Chefs geben und saß bereits gegen 11.00 Uhr im Auto.

Da ich relativ früh unterwegs war an diesem Freitag, waren die Autobahnen noch recht leer und ich kam sehr gut durch.

> Was, wenn Maria länger ausfällt? Wie sollte ich das meinem Chef erklären? Was sage ich den Kindern? Was, wenn Sie etwas Schlimmeres hat? Fragen über Fragen beschäftigten und ängstigten mich. Ich ermahnte mich, achtsamer mit meinen Gedanken umzugehen.

Um Punkt 13.00 Uhr war ich im Krankenhaus. *Devin* und *Ceylin*, unsere Kinder, turnten schon im Krankenhausflur herum und begrüßten mich überschwänglich, als sie mich sahen. Wir gingen gemeinsam zu Maria und ich informierte mich über den Stand der Dinge. Wie es aussah, hatte sie eine Entzündung im Darm, die operativ dringend entfernt werden musste. Erleichtert atmete ich auf. Eine Operation war nie schön, aber ich war froh, dass es nichts Schlimmeres war. Kurzerhand telefonierte ich mit meinem Chef und vereinbarte, eine Woche Urlaub zu nehmen, um die Kinder betreuen zu können. Maria und ich besprachen noch einige organisatorische Sachen – die Kinder betreffend. Es waren zwar noch Ferien, aber für meine Tochter begann nach den Ferien der Schulalltag. Raus vom Kindergarten, rein in die Schule. Es mussten also noch Schulsachen besorgt, die passende Schultüte gefunden werden und eine Liste mit gefühlten hundert Positionen abgearbeitet werden. ... Oma Petra, die Mutter von Maria, und ich übernahmen diese Aufgaben. Die Kinder und ich verabschiedeten uns von Maria und trafen auf dem Weg nach draußen noch Mark. Viel zu bereden hatten er und ich nicht, da wir von unserer gegenseitigen Existenz ja erst seit einigen Wochen wussten. Unser »persönliches Kennenlernen« oder eher Aufeinandertreffen im Krankenhausflur kam für uns beide überraschend. Unser Verhalten zueinander war bis dato einfach nur neutral und höflich-distanziert. Nun, als wir uns voneinander verabschiedeten, wussten wir beide, dass wir in den nächsten Tagen häufiger miteinander zu tun haben würden.

Devin, Ceylin und ich fuhren »heim« in das alte zu Hause. Zunächst prüften wir, was noch an essbaren Vorräten vorhanden war. Dann gingen wir mit unserer Liste gemeinsam einkaufen. Während dieses Einkaufs lernte ich so einiges. Viel wusste ich bis dahin nicht über die kulinarischen Essgewohnheiten meiner Kinder. Über meine Kochkünste machte ich mir keinerlei Sorgen. Ich war nicht gerade ein Hobbykoch, doch mit den Standards wie Reis, Kartoffeln und Nudeln kam ich gerade noch zurecht.

### Ein Abenteuer für mich und die Kids begann …

Die Operation war für den nächsten Tag angesetzt, damit sich die Entzündung nicht ausbreitete. Beim abendlichen, improvisierten Gebet wünschten wir Maria noch alles Gute für die Operation und gingen gemeinsam schlafen. Ich schlief mit gemischten Gefühlen ein. Einerseits freute es mich, Zeit mit meinen Kindern verbringen zu können, auf der anderen Seite plagte mich mein Gewissen, dass ich nur deshalb in den Genuss kam, bei Devin und Ceylin zu sein, weil Maria im Krankenhaus lag. Sehr ungewohnt war es für mich, in Marias Bett zu schlafen. Es blieb mir jedoch nichts anderes übrig, als die Situation einfach so anzunehmen, wie sie war.

Am nächsten Morgen erkundigte ich mich bei Mark nach Marias Zustand und beschloss, noch ein paar Stunden zu warten, ehe ich mit den Kids hinfuhr. Wir wollten ihr nach der Operation Zeit geben, sich zu erholen.

Wir besorgten noch eine Kleinigkeit für sie (Stofftiere und Blumen) und besuchten sie am späten Nachmittag – gegen 17.00 Uhr. Die Operation war wohl erfolgreich, wenn alles planmäßig verlief, sollte sie in vier Tagen entlassen werden. Ich war sehr erleichtert und sicher, dass alles gut werden würde.

Am nächsten Tag fuhr ich mit den Kids wieder ins Krankenhaus. Devin und Ceylin tobten wieder im Krankenhausflur umher und hatten Spaß dabei, durch die Gänge zu flitzen, während ich mich mit Maria und Mark unterhielt. Mark kümmerte sich sehr gut um Maria. Wir besprachen, wie die Schultüte von Ceylin geschmückt werden und wie sie befüllt werden sollte. In einigen Tagen war die Einschulung! Ich hatte bereits alle Dinge, die auf der Schulsachenliste standen, besorgt. Maria hoffte, dass sie rechtzeitig entlassen werden würde, um dabei sein zu können an diesem wichtigen Tag.

Am eigentlichen Entlassungstag verschlechterten sich ihre Blutwerte zusehends. Es folgten etliche Untersuchungen und die Ärzte waren ratlos, warum sich Marias Zustand und die Wundheilung nicht verbesserten. Die Ungewissheit in mir erwachte wieder. Die Kinder bekamen davon zum Glück nicht sehr viel mit. Ich versuchte, sie – soweit möglich – zu schützen.

Am Tag darauf fuhr ich alleine ins Krankenhaus weiter, nachdem ich die Kinder bei Oma Petra abgesetzt hatte. Die Ärzte kamen und gingen. Am Nachmittag erfuhr ich die Diagnose: bei Maria wurde eine akute myeloische Leukämie diagnostiziert.

Wir alle waren geschockt. Mit so etwas hatte keiner von uns auch nur im Ansatz gerechnet!

Der Leitende Chefarzt klärte uns sehr ausführlich über die weitere Vorgehensweise auf, sprich die Vor- und Nachteile der zwingend notwendigen Chemotherapie. Gemeinsam besprachen wir die nächsten zwei bis drei Wochen. Danach verließ der Arzt das Zimmer.

Was für eine bittere Nachricht. Maria fing an zu weinen. Ich war einfach nur still. Ich hatte Angst und war traurig.

Nach wenigen Minuten versuchte ich, Maria aufzufangen und begann, ab diesem Zeitpunkt nur noch positiv und motivierend mit ihr zu sprechen. Denn:

> Wer moralisch unten ist, kann nicht gesund werden!

In der Nachschau betrachtet, war dies *der* Wendepunkt für mich. Ich war vollkommen klar, optimistisch und 100 Prozent im Hier und Jetzt. Als ob in mir ein Schalter umgelegt worden war: ich musste jetzt da sein – für meine Kinder, für Maria und für alle anderen um mich herum. Aus irgendeiner Quelle wurde ich gefüllt mit Energie und Zuversicht – diese Einstellung und Gefühle gab ich weiter an alle in unserem Umfeld. Ohne dass es mir zu diesem Zeitpunkt bewusst gewesen wäre, wuchs ich über mich hinaus.

Eine wahnsinnig intensive und verändernde Zeit sollte beginnen …

# Intensivstation

Noch am selben Tag wurde Maria auf die Intensivstation verlegt. Ihr Immunsystem war nach der Operation quasi auf Null und sollte nun wieder aufgebaut werden, damit überhaupt eine Chance bestand, mit der Chemotherapie zu beginnen. Zumindest war dies der Plan der Ärzte.

## Tag 1 Intensivstation

Ich ging mit den Kindern unserer Alltagsroutine nach. Während sie spielten, kochte ich. Nach dem Abendessen drehten wir eine Runde, um die schöne Sommerabendluft zu genießen. Im Bett sprachen wir über Maria und beteten gemeinsam für sie.

Ich sagte den Kindern, dass ihre Mutter auf eine Spezialstation verlegt werden musste, da sie Blutkrebs habe. Kindergerecht erklärte ich ihnen, wie die nächsten Behandlungsschritte aussehen sollten. So gut es ging bemühte ich mich, ihnen ihre Ängste zu nehmen. Die nächste Hiobsbotschaft konnte ich leider auch nicht verheimlichen: ich musste Ceylin sagen, dass Mama leider nicht bei ihrer Einschulung dabei sein konnte – und versprach, dass wir viele Videos drehen und danach sofort ins Krankenhaus fahren würden.

Nachdem die Kinder im Bett waren, las ich noch kurz etwas und schlief über dem Buch ein.

Marias Zustand war leider nicht sehr erfreulich. Ihre Blutwerte waren noch jenseits von Gut und Böse – mit der Chemotherapie konnte vorerst weiterhin nicht begonnen werden. Moralisch war sie stabil. Zumindest machte es den Anschein. Wer wusste schon, wie es in einem Menschen aussah, der solch eine Diagnose bekommen hatte? Das konnten wohl nur Menschen beurteilen und nachvollziehen, die sich in einer ähnlichen Situation befanden und sie durchleben mussten.

Ich erzählte ihr die neuesten Geschichten der Kinder, überbrachte einige Sprachnachrichten sowie ein paar selbstgemalte Bilder und vor allem viel Liebe, die die Kinder mir für die kranke Mama mit auf den Weg gegeben hatten. Ich machte Fotos von ihr, die ich zu Hause den Kindern zeigte. Die Ungewissheit war das Schlimmste in dieser Zeit. Wie lange würde die Therapie andauern, wie oft könnte ich meinen Urlaub verlängern, wie würden die Kinder weiterhin mit der Situation zurechtkommen?

Fragen über Fragen, auf die es keine Antworten gab ...

Ich war froh darüber, dass mich mein neuer Alltag mit den Kids und der schwierigen Situation im Nacken so forderte, dass ich abends noch nicht einmal mehr merkte, wie mein Kopf ins Kissen fiel.

## Tag 3 Intensivstation

Marias Zustand war unverändert schlecht. Da gerade Samstag war, beschloss ich, mit den Kids meine Eltern in Wuppertal zu besuchen. Wir wollten uns vor ihrem Urlaub in die Türkei noch von den Großeltern verabschieden. Wir verbrachten einen schönen Sommertag zusammen und beendeten den Tag mit leckeren Grillwürstchen von Opa Ilyas. Gegend Abend machten die Kinder und ich uns wieder auf den Heimweg. Für Oma, Opa und meine Schwester ging es auf in den Heimaturlaub.

Zum ungefähr zwanzigsten Mal nahmen sie das Abenteuer »Türkeiurlaub« mit dem Auto auf sich – eine wirklich richtig lange Strecke, die etwa zwei ganze Tage dauerte. Meine Schwester *Derya*, drei Jahre jünger als ich, fuhr dieses Jahr mit. Sie verbreitete immer gute Stimmung und hielt die Moral während der Fahrt hoch, was meinen Eltern enorm half.

Zu Hause schaute ich mir noch einen Kinderfilm mit den Kids an und fiel gleichzeitig mit den beiden ins Bett.

## Tag 4 Intensivstation

Marias Zustand wird einfach nicht besser. Sie wollte auch nicht, dass die Kinder sie besuchten und ihre Mama in diesem Zustand – mit aufgedunsenen Gesicht und den vielen Schläuchen in Armen und Kopf – sahen. Sie sollten bei diesem Anblick keinen Schreck bekommen.

Devin und Ceylin waren bei Freunden untergebracht, was mir einige Stunden der Ruhe gab. Ich fuhr ein wenig mit dem Fahrrad durch die Gegend und genoss den schönen Sommertag. Es war herrlich! Und doch hatte ich immerzu ein ungutes Gefühl. Es begleitete mich auf Schritt und Tritt. Auch wenn ich es nicht immer bewusst wahrnahm, es war immerzu vorhanden – mein persönliches Paket an Fragen. Die üblichen Fragen, die man sich stellte, wenn man nicht weiterwusste und Angst hatte. Die Fragen, die mir niemand beantworten konnte:

> Was sollte geschehen, wenn die angeratene Chemotherapie nicht begonnen werden konnte? Wie könnten wir das logistisch lösen? Wie würden die Kids mit all den Veränderungen umgehen, insbesondere dem Zustand ihrer Mutter? Und was mich auch sehr beschäftigte, wie sollte ich mit all dem umgehen?

Ich radelte durch den warmen Sommertag, um ein wenig abzuschalten und den Kopf freizukriegen. Es war wunderbar, wieder etwas freie Zeit mit mir selbst verbringen zu können. Diese kurze Auszeit tat mir gut.

Am Abend holte ich die Kleinen bei ihren Freunden ab und wir fuhren gemeinsam nach Hause. Nach dem Abendessen ging es sofort ab ins Bett. Wir kuschelten gemeinsam und die Kids bekamen – in kindgerechter Dosis – die neuesten Nachrichten, wie es ihrer Mama ging. Ich las den beiden noch eine Gute-Nacht-Geschichte vor. Dann saß ich, wie jeden Abend, im Wohnzimmer und starrte die Wand an. Als es langsam dunkel wurde schaute ich vom Wohnzimmerfenster auf den Fried-hof. Vom zweiten Stock aus hatte ich einen guten Überblick über den gesamten Friedhof. Es war eine schöne Stimmung an diesem Abend auf dem Friedhof, fand ich. Überall wurden die Friedhofskerzen sichtbar und in der Dämmerung legte sich eine beruhigende Ruhe über den Friedhof. Ich hing meinen Gedanken nach und ruhte mich kurz aus. So schlief ich auch prompt ein und wurde erst am nächsten Morgen unsanft vom Wecker wachgerüttelt.

## *Tag 5 Intensivstation*

Heute war ein schwieriger Tag: für meinen Sohn der erste Schultag nach den Sommerferien und für meine Tochter Ceylin ihre Einschulungsfeier. Zum Glück waren Oma Petra und Mark auch da, das stützte mich ungemein. So musste ich nicht alleine sein in dieser Situation. Wir setzten Devin in der Schule ab, für ihn begann der Schulalltag als Viertklässler ganz normal. Danach gingen wir gemeinsam in die Kirche zum Schulgottesdienst. Ceylin sah sehr süß aus. Sie hatte sich ein schönes Kleid ausgesucht. Am Morgen hatten wir gemeinsam ihre Haare geflochten. Dem Internet sei Dank fand ich eine gute Anleitung, die auch für mich zu bewerkstelligen war. Ceylin kannte schon einige Klassenkameraden aus dem Kindergarten und es bildeten sich erste Grüppchen. Trotz aller Freude war ihr Blick trüb und traurig. Sie vermisste ihre Mama sehr. Sie so zu sehen, nahm mich innerlich enorm mit. Der erste Schultag verlief insgesamt gut und die Kinder teilten mir danach fleißig die neuesten Geschichten mit. Ich brachte sie dann für den Nachmittag zu Freunden, damit ich ins Krankenhaus konnte.

Das Prozedere am Eingang zur Intensivstation, so bekannt und notwendig es doch war, nervte mich dennoch. Jeden Tag am Tor klingeln. Fünf Minuten warten. Mein Anliegen mitteilen. Wieder fünf Minuten warten. Dann endlich durfte ich rein.

Als ob der Besuch einer Intensivstation nicht schon ungemütlich genug wäre, machte es diese ganzen Umstände für den Besucher nicht leichter.

Maria sah nicht gut aus.

Ich zeigte ihr auf dem Handy die Videos der Kinder und die Fotos, die wir für sie gemacht hatten. Außerdem hatte ich ihr noch die Unterhemden der Kinder mitgebracht. Vielleicht half ihr das, sich den Kindern ein Stückchen näher zu fühlen. Sie nahm die Unterhemden, roch daran und Tränen kullerten ihre Wangen hinab. Ich konnte ihr ansehen, wie traurig sie darüber war, nicht bei der Einschulung von Ceylin dabei gewesen zu sein.

Seitens der Ärzte gab es keine guten Nachrichten. Der Oberarzt war anwesend und hatte mit ihr über die weiteren Behandlungsmöglichkeiten gesprochen. Wir gingen gemeinsam die Unterlagen durch. Sie musste eine von Anwälten geschriebene Absicherung für das Krankenhaus unterschreiben und einwilligen – für den Fall, wenn so ziemlich alles schiefgehen sollte.

Die Chemotherapie sollte in einer Spezialklinik begonnen werden, sobald ihr Zustand den Transport zuließ. Was auch an Tag 5 in der Intensivstation noch nicht der Fall war.

Ich ging im Geiste schon das Gespräch mit meinem Arbeitgeber durch. Dass dieses Gespräch stattfinden, aber einen ganz anderen Hintergrund haben sollte, das ahnte ich zu diesem Zeitpunkt noch nicht …

Maria unterschrieb und wir übergaben diese Unterlagen der Krankenschwester.

Später kamen Mark und Marias Mutter Petra noch dazu. Wir redeten gemeinsam noch mal über das weitere Vorgehen und plauderten über Alltägliches. Petra kam am Abend noch bei uns vorbei, um ihre Enkelkinder zu besuchen. Eine wohltuende Abwechslung in meinem ansonsten zu sehr von Grübeleien geplagten Alltag. Wir aßen gemeinsam und genossen einen schönen Abend – die Kinder spielten ausgelassen mit ihrer Omi. Was ein Wechselbad der Gefühle an einem einzigen Tag!

## Tag 6 Intensivstation

An diesem Tag ging ich erst nach meinem Wocheneinkauf ins Krankenhaus, um ein wenig Abwechslung zu bekommen.

Wir hatten kaum die neuesten Nachrichten von den Kindern ausgetauscht, da kam auch schon der behandelnde Arzt herein und gab uns die neuesten Ergebnisse der unzähligen Untersuchungen durch. Die Anzahl der bösartigen Blutkörper sei leider trotz intensiver Medikation nicht reduziert worden. Auch ihre Leber sowie die Nieren seien in Mitleidenschaft gezogen und zu allem Unglück habe sie sich auch noch eine Lungenentzündung eingefangen. In diesem Zustand könne sie nicht in die Spezialklinik transportiert werden.

Maria wahrte Fassung, aber ich spürte, wie sehr diese Nachrichten sie trafen. Ich versuchte, sie mit ein paar Witzen aufzumuntern, was mir trotz der Lage tatsächlich gelang. Sich hängen zu lassen war auch keine Option, dachte ich mir. Wäre doch gelacht, wenn wir das nicht auch schaffen würden, motivierte ich sie und damit gleichzeitig mich selber.

Durch die sechs Tage, die sie nun schon ohne Bewegungsmöglichkeit im Krankenbett lag, hatte ihr Körper Wasser eingelagert, was zu unangenehmen Druckstellen führte.

Spontan fing ich an, ihre Arme und Beine zu massieren. Nach ihrem Okay fragte ich erst gar nicht. Widerstand war ohnehin zwecklos. Die Berührungen taten ihr sichtlich gut und ihre Schmerzen waren zumindest für einen Moment gelindert. Mission geglückt.

Kurz bevor ich ging, kamen Marias Vater und ihre Mutter. Wir tauschten uns noch kurz aus, dann verabschiedete ich mich und machte mich auf den Weg, um die Kinder abzuholen.

Wir gingen essen, statt selber zu kochen und waren im Anschluss noch auf dem Spielplatz.

Während die Kinder später am Abend in ihren Zimmern spielten, ging ich noch kurz die Hausaufgaben durch, als ich plötzlich eine SMS erhielt. Es war Oma Petra. Sie schrieb, Marias Zustand habe sich in den letzten Stunden dramatisch verschlechtert. Und dass die Ärzte ihr geraten hätten, sich ins künstliche Koma versetzen zu lassen. Das sei für sie in diesem Stadium das Beste …

Es war wohl dringend notwendig geworden, sofort mit der Chemotherapie zu beginnen. Aber ihr Körper war eigentlich zu schwach, um neben der Lungenentzündung auch noch die Chemotherapie zu vertragen. Maria hatte dem künstlichen Koma daher zugestimmt. Petra wollte verständlicherweise bei ihrer Tochter bleiben. Leider kannte ich in Essen sonst niemanden, den ich spontan bitten konnte, auf die Kinder aufzupassen.

Sonst wäre ich umgehend ins Krankenhaus gefahren. Den Kindern wollte ich erst am nächsten Tag davon berichten, um sie nicht vor dem Schlafengehen noch zu beunruhigen. An diesem Abend ging ich selber mit sehr gemischten Gefühlen ins Bett. Einerseits war ich traurig, mich nicht noch mal verabschieden zu können, auf der anderen Seite war ich erleichtert, dass mir diese Entscheidung abgenommen wurde. Ich war durcheinander und erschüttert, dass Marias Gesundheitszustand eine solche Wendung genommen hatte. Eine heile Welt, meine heile Welt, fing an, von Tag zu Tag mehr zu bröckeln …

## Tag 7 Intensivstation

An diesem Morgen stand ich mit schwerem Gemüt auf. Ich musste meinen Kindern noch erklären, dass ihre Mami jetzt länger schlief und somit keine Nachricht schicken konnte. Wie sollte ich selber mit der neuen Situation umgehen? Es fiel mir, den Umständen entsprechend, auch wesentlich schwerer als sonst, ins Krankenhaus zu fahren.

Da lag sie: ruhig und friedlich. Die Ruhe wurde nur vom gleichmäßigen Piepen des EKGs und den Geräuschen der Beatmungsmaschine unterbrochen. Es roch steril, nach Desinfektionsmitteln. Das Krankenzimmer verströmte eine kühle Atmosphäre. Ganz schön ungewohnt, so etwas das erste Mal zu sehen. Morgens war ich meistens der Erste, die anderen Familienmitglieder besuchten Maria in der Regel erst nach der Arbeit. Der Arzt kam und informierte mich, dass nun bereits mit der Chemotherapie begonnen wurde. Stündlich kam Personal herein, um etwas von den unzähligen Anzeige-geräten abzulesen und zu notieren oder es wurden Kanülen und Schläuche getauscht.

Obwohl Maria so friedlich dalag, wusste ich, dass in ihrem Körper der Kampf begonnen hatte.

Ich saß da. Stundenlang. Dann weinte ich plötzlich. Ich wusste einfach nicht mehr, was ich tun sollte. Ich fühlte mich schwach und verletzlich – und konnte keine Stärke und Souveränität mehr ausstrahlen, keine Sicherheit mehr geben, dass alles gut werden würde, so wie ich es die letzten sechs Tage gemacht hatte. Keine Späße mehr machen, über die sie lachen konnte.

Also spielte ich ihr die Aufnahmen der Kinder vor. Immer und immer wieder. Ich war mir sicher, dass sie es hörte und es ihr Kraft gab.

Der Abend war ebenso hart für mich. Ich erzählte den Kindern erneut, dass ihre Mami »wie die Bären Winterschlaf« halten musste, damit sich ihr Körper richtig erholen konnte und die gesunden Zellen in ihrem Blut die bösen Zellen verdrängen konnten. Sie nahmen es auf kindliche, schöne Art und Weise auf. Der Vergleich mit Bären im Winterschlaf war ja auch nicht so weit hergeholt aus Kindersicht.

In meinem Kopf drehte sich das Gedankenkarussell, als ich mich müde und niedergeschlagen hinlegte. Tausende Fragen, die mich quälten, hielten mich noch sehr lange beschäftigt …

## Tag 8 Intensivstation

Der übliche Ablauf, wie die Tage zuvor: Kinder zur Schule bringen und dann ins Krankenhaus fahren. Unschöne Gefühle begleiteten mich auf dem Weg in die Intensivstation. Meine mentale Stärke bröckelte langsam, aber sicher.

Im Krankenhaus der Mutmacher gewesen zu sein, zu Hause vor den Kindern weiterhin optimistisch zu bleiben und ja keine Ängste zu zeigen – all das zehrte an mir. Das monotone Piepen des EKGs und das Zischen der Beatmungsmaschine taten ihr Übriges.

Maria lag an diesem Tag genauso da, wie schon am Tag zuvor. Ich redete mit ihr, sagte ihr, wie stark sie war und wie gut sie wohl mit Kopftüchern aussehen würde und dass es da mittlerweile richtige Designerstücke gab. Dann spielte ich ihr wieder die Nachrichten der Kinder vor.

Noch hatte sie keine Haare verloren, aber ich wollte ihr Unterbewusstsein erreichen, damit sie daran glaubte, woran ich glaubte. Dass sich ihr Körper in ein paar Tagen erholt haben würde und sie dann in die Spezialklinik transportiert werden konnte.

Ich musste daran glauben und verdrängte alle anderen Gedanken, weil ich schlicht und ergreifend eine Riesenangst davor hatte.

Es war erst 10.00 Uhr morgens, als Oma Petra durch die Tür kam. Sie sah auch ziemlich mitgenommen aus. Was musste sie wohl durchmachen, ihre Tochter so zu sehen? Welche Ängste trug sie in sich?, fragte ich mich. Wie schwer musste es erst für sie sein? Wir unterhielten uns über belanglose Dinge. Dann schauten wir Maria an und schwiegen. Einige Minuten später kam Mark herein. Das gleiche Spiel. Wir waren alle überfordert mit der Situation.

Die Stille zwischen uns wurde unterbrochen, als der behandelnde Arzt und ein Pfleger hereinkamen. Der Arzt las etwas an den Geräten ab und schien sich alle wichtigen Daten zu notieren, bevor er sich uns zuwandte. Sein Gesichtsausdruck wirkte alles andere als ermutigend.

Er begann uns zu erklären, dass neben Leber und den Nieren, die nicht mehr so funktionierten, wie sie sollten, die entzündete Lunge nun auch teilweise mit Wasser gefüllt war.

Um ihren kritischen Zustand zu stabilisieren, wurde die Medikamentendosis erhöht.

Marias Bruder und ihr Vater kamen ins Zimmer. Wir unterrichteten beide von der Lage, in der Maria sich befand. Arzt und Pfleger gingen. Stille. Alle Augen im Zimmer waren tränengefüllt.

Ich unterbrach die Stille, indem ich Maria gut zuredete, um ihr Kraft und Mut zu geben. Die Stimmung lockerte sich ein wenig. Außer mir sprach dennoch keiner im Raum.

Inzwischen war es 11.00 Uhr.

Erneut kam Krankenhauspersonal ins Zimmer. Die Daten auf den Geräten wurden nochmals kontrolliert, Maria Blut abgenommen und alles Wichtige notiert.

Der Oberarzt trat ans Krankenbett und teilte uns mit, dass es nicht gut aussah. Die Lage war sehr ernst. Die Chemotherapie hatte leider nicht den gewünschten Erfolg erzielt und ihren Körper auch noch zusätzlich geschwächt.

Wenn es so weiterginge, würde sie den Tag nicht überleben, hörte ich seine Stimme dumpf in meinen Ohren nachklingen. Es durchzuckte mich. Wie konnte dieser Arzt es nur wagen, so etwas neben einer sterbenskranken Patientin zu sagen? Gab es nicht haufenweise dokumentierte Fälle, in denen nachgewiesen wurde, dass Komapatienten sehr wohl mitbekommen, was um sie herum geschieht und gesprochen wird? Ich ärgerte mich maßlos über das unmenschliche Verhalten dieses kühlen Arztes.

Natürlich müssen Ärzte professionell agieren und dürfen keine Emotionen hochkommen lassen, um sich selbst auch zu schützen, aber Menschlichkeit zeigen kann man immer.

Eine Träne kullerte über Marias Wange. Sie hatte die Worte des Arztes mitbekommen! Ich fing sofort an, ihr gut zuzureden, sie solle sich bloß nicht unterkriegen lassen. Sagte ihr, dass Ärzte sich sehr wohl auch täuschen könnten und sie doch ohnehin immer ihren eigenen Kopf hatte und nie sehr viel Wert auf die Meinung anderer gegeben hätte.

Wir standen alle ums Krankenbett herum, jeder fing nun an, Maria zu streicheln und zu drücken.

11.45 Uhr. Die medizinischen Geräte gaben nun bedrohlichere Töne von sich. Irgendetwas veränderte sich. Ärzte kamen ins Zimmer. Wieder neue Medikamente wurden ihr verabreicht. Dann sagt man uns, dass nun langsam ihre Organe versagten und nur noch die Maschinen sie am Leben hielten.

»Wir haben alles versucht, was in unserer Macht stand«, hörte ich einen der Ärzte sagen. »Es hat nun keinen Sinn mehr. Aus eigener Kraft wird Sie nicht mehr Atmen geschweige denn wieder zu Bewusstsein kommen.«

Er riet uns, wir sollten uns unsere Zeit nehmen, uns

verabschieden und Bescheid geben, sobald wir bereit waren, das Okay zum Abschalten der Maschinen zu geben. Das Okay zum Beenden eines Lebens?, schoss es mir durch den Kopf.

Wir waren alle im Schockzustand. Jeder von uns fing an zu weinen und zu schluchzen. Die Dämme brachen nun endgültig. Jeder drückte sich an Maria und streichelte sie verzweifelt. Tränen benetzten ihre Bettdecke. Ich flüsterte ihr noch etwas ins Ohr. Ich sagte ihr, dass Sie nun gehen dürfte, wenn sie keine Kraft mehr hätte. Sie solle keine Angst haben. Ich versprach ihr, dass ich mich um die beiden Kleinen kümmern und auf sie aufpassen würde wie auf mein Leben.

Sie solle loslassen und ins Licht gehen …


Wir schauten uns alle in die Augen und nickten gemeinsam. Das war das Einverständnis, dass wir alle einverstanden waren, die Maschinen abzuschalten. Was für ein schwerer Akt. Eine Entscheidung über ein Leben. Mit einem Nicken wurde ihr Leben beendet.

Die Ärzte und Pfleger taten, was sie tun mussten. Sie schalteten die Maschinen ab und trennten Schläuche und Messgeräte von Marias Körper.


Die Geräte waren aus.

Marias Leben war zu Ende. Sie war tot.

Alle weinten bitterlich. Marias Vater schrie auf und musste von den Pflegern gestützt werden. Er war überwältigt. So wie wir alle. Wir alle waren in Tränen ausgebrochen und weinten hemmungslos. Das ging eine ganze Weile so.

Tief erschüttert verabschiedete ich mich von Maria, der Mutter meiner Kinder. Ich drückte ihren noch warmen Körper und sprach ihr Mut zu, dass sie jetzt nicht mehr in ihrem kranken Körper gefangen war, keine Schmerzen mehr ertragen musste und sie mir vertrauen könne, dass ich auf unsere Kinder achtgeben würde, solange ich lebe.

Dann verabschiedete ich mich bei jedem einzelnen der Anwesenden: bei Marias Mutter, ihrem Vater, ihrem Bruder – und ihrem Lebensgefährten.

# Der Anfang nach dem Ende

Ich verließ das Krankenhaus wie in Trance. Ich gab meinen Eltern kurz per Sprachnachricht Bescheid und teilte ihnen – kaum verständlich – mit, dass Maria verstorben war. »Sie hat es nicht geschafft«, waren meine letzten Worte.

Ich meldete mich bei Melanie, die unsere Abteilung organisierte, und teilte ihr diese Nachricht ebenfalls mit. „Die nächsten Wochen werde ich erst mal ausfallen, Melanie", hörte ich mich sagen.

Ich stieg ins Auto und fuhr los. Wo sollte ich hin. In meinem Zustand? Ich hatte niemanden hier, der mich auffangen konnte. Ich fuhr in den Kaisergarten. Dort waren wir früher oft an den Wochenenden mit den Kindern gewesen, als wir noch eine intakte Familie waren. Es regnete in Strömen; da konnte ich mir wenigstens sicher sein, dass nicht viele Menschen dort unterwegs waren. Ich wollte jetzt keinen mehr sehen. Und ich wollte auch nicht, dass mich jemand sah. Ich setzte mir die Kopfhörer auf, machte Musik an und ließ meinen Tränen und meiner Trauer hemmungslos freien Lauf. Ich weinte, ich schrie, ließ mich auf die Knie fallen. Ich fragte mich immer wieder nach dem Warum. Warum passierte das jetzt. Warum passierte mir das? Warum lieber Gott? Warum musste das sein?

> Erst später in meinem Leben sollte ich erkennen, dass das Warum uns nicht weiterhilft, sondern das Wozu.

Ich lief zwei Stunden durch den Park. Es regnete immer noch ununterbrochen. Meine Tränen vermischten sich mit den Tränen des Himmels. Ab und an kam ein Fußgänger an mir vorbei. Außer verstörten Blicken kam nichts. Klar, was sollten sie denn auch sagen? Keiner wusste, wie ich gerade empfand. Was ich fühlte, als meine Welt gerade zusammenbrach.

Ich war durchnässt bis auf die Knochen. Doch davon spürte ich kaum etwas, der Schmerz der Trauer betäubte alle anderen Empfindungen. Ich spürte nur einen großen, mich allumfassenden Schmerz. Es war an der Zeit, nach Hause zu fahren.

Ich stieg wieder ins Auto und in dem Moment, als ich die fahrenden Autos, die Fußgänger, das Flugzeug am Himmel beobachte, wurde mir etwas bewusst: die Welt drehte sich ganz normal weiter! In mir drin war etwas zerbrochen und ich wollte gerne alles anhalten, damit ich das alles begreifen konnte. Doch die Wolken am Himmel zogen weiter. Alles ging weiter, die Zeit blieb nicht stehen. Sie lief einfach weiter. Ich schloss meine Augen und atmete tief durch.

*Du musst jetzt stark sein, es kommen einige schwere Aufgaben auf dich zu. Das schaffst Du. Du hast bisher alles in deinem Leben geschafft!*

Ich motivierte mich selber, um nicht zusammenzubrechen. Ich hatte kein Back-up. Ich musste funktionieren. Für mich.

Für meine Kinder. Zu wem sollte ich auch gehen? Ich kannte niemanden hier in Essen. Marias Eltern befanden sich selber im Schock, meine Eltern und meine Schwester waren 3 000 Kilometer weit weg.

Bei dem Gedanken an meine Kinder schnürte sich mir der Magen zu. Oh mein Gott!

Es war wie eine unsichtbare Wand, die mich und meine Kinder voneinander trennte. Ich war auf der einen Seite, sie auf der anderen. Ich wusste, was geschehen war und befand mich in einer anderen Welt. Die beiden Kleinen wussten noch nichts von dem Schicksal, das sie bereits getroffen hatte, und lebten noch in einer anderen, einer heileren Welt.

Wie sollte das gehen? Wie sollte ich das schaffen? Meine Tochter war gerade einmal sechs Jahre alt. Sie war erst vor wenigen Tagen eingeschult worden. Ihr Blick bei der Einschulung war für mich schon kaum zu ertragen gewesen. Sie hatte Ihre Mutter so sehr vermisst. Welches Kind hätte das nicht? Eine Woche hatten sie sich schon nicht mehr gesehen, seit dem letzten Besuch im Krankenhaus.

Ich fuhr nach Hause, duschte und zog mich um. Im Wohnzimmer, das auch gleichzeitig mein Schlafzimmer war, saß ich auf ihrem Bett – in dem sie die letzten Wochen zuvor noch geschlafen hatte. Und nun war sie weg. Für immer. Diese Räume würde sie nie wieder betreten. Ihre Sachen nie wieder tragen. Ihre Kinder nie wieder im Arm halten können. Was für ein Schicksal. Ich war einfach überwältigt. Von meinen Gefühlen, meiner Trauer, meiner Ohnmacht, meiner Wut.

In einer Stunde musste ich die Kinder von der Schule abholen. Zeit, sich zu fangen! Die Realität kannte kein Erbarmen.

Ich stand vor der Schule und wartete – genau wie die vorherigen Tage auch schon – die letzten zehn Minuten vor

Schulschluss draußen vor dem Tor. Einige Eltern, die um die Situation wussten, sprachen mich an. Man sah mir wohl sehr deutlich an, dass etwas Schlimmes passiert sein musste.

Ich schüttelte nur den Kopf: »Sie hat es nicht geschafft. Bitte sagt euren Kindern erst mal nichts davon. Ich weiß nicht, wann ich die Kraft aufbringe, es den beiden zu sagen. Ich möchte vermeiden, dass sie es von jemand anderem hören.«

Die Bestürzung, die ich in den Gesichtern lesen konnte, war groß. Ich drehte mich weg, um mich zu schützen. Ich konnte es jetzt nicht gebrauchen, tränenverhangen meine Kinder zu begrüßen.

Die Schulglocke läutete. Ich sah Devin und Ceylin rauslaufen. Sie wirkten zufrieden. Wie Kinder halt aussehen, wenn sie endlich Schulschluss haben.

Ich nahm die beiden in meine Arme und wir begrüßten uns innig.

### Die schwersten drei Tage meines Lebens begannen.

Ich trug ein Geheimnis in mir. Eine Schicksalsnachricht, die ich überbringen musste. Ich fragte mich selbst, ob es noch etwas Schlimmeres geben konnte, als den eigenen Kindern sagen zu müssen, dass ihre Mutter tot war.

Ich war innerlich zerrissen. Diese schlimme Nachricht in mir zu tragen, war wie eine Bürde. Sie lastete tonnenschwer auf mir.

Wie sollte ich es nur sagen? Welcher Zeitpunkt war der richtige? Wie würden sie reagieren?

Diese Fragen quälten mich in jeder einzelnen Sekunde.

»Hi Ihr zwei, na wie war euer Tag?« Schon begannen sie zu erzählen. Meine Tochter berichtete von den neuen Dingen, die sie in der Schule gelernt hatte. Für sie war noch alles neu und jeder Tag voller neuer Entdeckungen. Sie fand neue Freunde und lernte die Lehrer besser kennen.

Normalität! Das fühlte sich gut an. Das gab meinem Verstand die Möglichkeit, abzuschalten und nicht permanent an dieses Ereignis zu denken.

Wir fuhren nach Hause und ich kochte etwas für uns. Währenddessen machten die Kids am Esszimmertisch ihre Hausaufgaben, stritten und erzählten vom Schulalltag.

Nach dem Essen gingen die beiden in ihre Zimmer und spielten.

Ich schaute auf mein Handy. Es waren viele Nachrichten eingegangen. Obwohl erst ein paar Stunden vergangen waren, hatten mehr Leute davon gehört, als ich informieren konnte.

> Traurige Nachrichten verbreiten sich schneller als Gute. So ist unsere Welt.

Meine Eltern, gerade erst vor ein paar Tagen in der Türkei angekommen, wollten sofort ihren Urlaub abbrechen. Meine Mutter versuchte alles, um an ein Rückflugticket zu kommen, damit sie schneller bei uns sein konnte, um mich und die Enkel zu unterstützen. Mein Cousin Muzaffer koordinierte dies alles, von Deutschland aus. Es war aber wie verhext. Kein Rückflugticket war zu bekommen innerhalb der nächsten zwei Wochen. Ob dies ein Zeichen war? Insgeheim spürte ich, dass es gut war, wenn ich erst einmal mit den beiden alleine blieb. Ich brauchte Zeit und Ruhe, um Kraft zu tanken. In den kommenden Wochen und Monaten würde ich diese brauchen …

Besonders in den kommenden Tagen: ich musste meinen Kindern die Nachricht vom Tod ihrer Mutter irgendwann mitteilen. Auch wenn ich sie am liebsten für immer für mich behalten hätte. Ich musste es tun. Aber nicht heute. Das würde ich nicht schaffen.

Am Abend redeten wir noch gemeinsam über Maria. Meine Kinder fragten mich, wie es ihr ginge. Ich brach innerlich fast zusammen bei dieser Frage, konnte mich jedoch fangen und log.

Ich musste lügen. Ich konnte nicht anders. Erst galt es, mich selber zu stärken, damit ich meine Kinder stützen konnte, wenn ich ihnen diese schreckliche Nachricht übermittelte. Ihre kleine, heile Welt würde ab diesem Zeitpunkt nicht mehr dieselbe sein. Sie würde zusammenstürzen.

Ich sagte, dass die Mama noch schlief und ihr Körper gegen die bösen Zellen kämpfte und dass die Ärzte alles täten, um ihre Mama so schnell wie möglich gesund zu machen.

Nach dem Sandmann machte ich die Kinder bettfertig. Zähne putzen, Schlafsachen anziehen, gemeinsam unser eigenes Gespräch mit Gott führen.

Es war 20.00 Uhr. Ich bereitete die Sachen für den nächsten Tag vor. Butterbrote schmieren, Schultasche kontrollieren, Sachen für den nächsten Tag rauslegen.

Mein Cousin rief an. Er hatte schon mehrfach angerufen an diesem Tag; ich war jedoch noch nicht in der richtigen Verfassung, um zu reden. Dieses Mal hob ich ab, ich weinte und er redete. Er machte mir Mut. So wie er es immer schon getan hatte. Er war ein Jahr älter als ich, lebte in einer anderen Stadt, doch da unsere Eltern sich sehr nahestanden, hatten wir unsere Kindheit gemeinsam verbracht. In jedem Türkeiurlaub waren wir sechs Wochen unzertrennlich. Wir hatten eine gute Bindung zueinander, auch wenn sich unsere Wege ein wenig getrennt hatten, als wir älter und auch noch Eltern wurden. Ich sah in ihm den großen Bruder, den ich nie hatte.

Er stützte mich mental und wurde in den nächsten Monaten zu meinem Beistand.

Wir legten auf. Ich sprach noch mit meiner Mutter. Viel Neues gab es nicht zu berichten. Wir weinten gemeinsam am Telefon und sie versprach, so schnell wie möglich bei mir zu sein. Auch sie sprach mir viel Mut zu. Dass alles im Leben zu schaffen ist, wenn man nur fest daran glaubt, es zu schaffen.

Nach den Gesprächen saß ich da und starrte ins Leere. Zum Weinen ging ich in die Küche, damit die Kinder nichts mitbekamen. Sie schliefen ruhig. Ich beobachtete sie noch eine ganze Weile beim Schlafen.

Dann ging auch ich schlafen, ich konnte nicht mehr. Ich war am Boden.

Ich schlief sehr unruhig und träumte viel.

Wie gerädert wachte ich ohne Wecker um 6.30 Uhr auf. Mir wurde bewusst, dass das Ereignis von gestern doch kein Traum war. Die Realität holte mich wieder ein.

Es war niederschmetternd. Ich wollte es am liebsten verdrängen und ganz aus meinem Leben schieben. Doch das war leider nicht möglich. Ich musste mich unserem Schicksal stellen und stark sein. Dieser Satz wurde in den nächsten Wochen mein Mantra:

*Ich muss stark sein.*

Ich weckte die Kinder, wie üblich mit allerhand Späßen, die ich mir spontan einfallen ließ.

So in den Tag zu starten war doch besser … Anziehen, Zähneputzen, Frühstücken. Alles Routine. Wie lange diese wohl noch anhalten würde?

Ich verabschiedete die beiden am Schultor. Als Viertklässler hatte mein Sohn seinen eigenen Rhythmus schon gefunden. Er verzog sich direkt mit seinen Kumpels in die Schule.

Meiner Tochter schaute ich immer noch hinterher, bis sie in die Klasse ging. Vom Tor aus hatte ich einen guten Blick auf den Flur, in dem die Schüler ihrer Klasse Jacken und Utensilien verstauten.

Jeden Morgen kam ein letzter Gruß von ihr – heimlich natürlich, damit die Freundinnen nichts sahen.


Ich fuhr nach Hause und versuchte, mich zu sammeln. So groß die Trauer und mein Schmerz auch waren, ich musste wenigstens für eine Stunde strukturiert über die zukünftige Organisation nachdenken.

Meine Wohnung, meine Arbeit. Das waren die zwei Hauptaspekte, über die ich nachdenken musste. Denn beides würde sich in den nächsten Wochen sicherlich sehr stark verändern müssen.

Mir war klar, dass ich erst mal in Essen, in dieser Wohnung bleiben würde. Ich wollte meine Kinder nicht aus ihrem gewohnten Umfeld rausreißen. Ich wollte ihnen die Möglichkeit geben, die geänderten Umstände so behutsam wie möglich in ihrem gewohnten Umfeld durchzuführen. Wenn das überhaupt möglich war, so etwas schonend zu verarbeiten.

Meine Arbeitsstelle war von hier 250 Kilometer entfernt. Dort würde ich erst mal nicht arbeiten können. Wie sollte das gehen? Ich informierte die Personalabteilung und meine Vorgesetzten, dass ich die nächsten Wochen nicht arbeiten konnte.

Mein Chef reagierte sehr menschlich und verständnisvoll und bot mir an, mein Stundenkonto zu nutzen, so lange ich es benötigte. Das beruhigte mich sehr und nahm mir eine Sorge von den Tausenden, die noch auf meinen Schultern lasteten.

Es waren noch genügend unbeantwortete Fragen vorhanden. Ich hatte zwar in den letzten zwei Wochen, die ich bereits bei den Kindern war, schon viel gelernt, doch fehlten mir rein gefühlt noch unzählige Informationen.

Auch ganz banale Sachen waren mit dabei. Dinge, über die man nicht nachdachte, wenn sie Teil des Lebens waren. Bei mir waren sie leider nur Fragmente meines Lebens – Wochenend- und Ferienfragmente.

Ich wusste zum Beispiel nicht, welche Freunde die Kinder hatten, wo die wichtigsten Telefonnummern waren, welche Ärzte sie besuchten, welche Untersuchungen noch anstanden, in welchen Sportvereinen sie Mitglieder waren und an welchen Tagen sie zu Sportkursen gingen? All das war mir völlig unbekannt.

Mein Cousin benachrichtigte derweil von sich aus die ganze Familie und Verwandtschaft. Er teilte auch allen mit, dass sie mir gerne Nachrichten zukommen lassen könnten, aber bitte nicht anrufen sollten, da ich in den nächsten Tagen genug andere wichtige Sachen zu meistern hätte, wofür ich meine ganze Energie benötigte. Damit half er mir sehr. Denn so musste ich nicht in den vielen Gesprächen jedem alles noch einmal erzählen und das gab mir Luft, um mich zu stärken.

Es fiel mir ja selber schwer genug.

Ich wollte die Schulleitung und in den nächsten Tagen ebenso den (alten) Kindergarten informieren, der sich bei uns um die Ecke befand. Dort waren beide Kinder gewesen. Die Leiterin des Kindergartens hatte ich von früher, vor der Trennung, noch in sehr guter Erinnerung als eine herzliche Frau.

Die Nachricht hing wie ein Damoklesschwert über mir und überschattete alle meine Gefühle. Es war, als wäre ich in Watte gewickelt, so in etwa kann man das beschreiben.

Ich erledigte den Haushalt, ging einkaufen und bereitete schon mal das Essen für den Abend vor. Ablenkung tat mir im Moment gut.

Kurz bevor ich die Kinder abholte, sprach ich mit dem Schuldirektor. Er war auch geschockt und zeigte sich sehr betroffen. Zwar hatte er durch die Klassenlehrer mitbekommen, dass die Mutter zweier Schüler erkrankt war, aber wie schlimm es wirklich um sie stand, das war ihm nicht bewusst gewesen. Woher auch. Er bot mir alle erdenkliche Hilfe an und nannte mir einige gute Kindertherapeuten sowie Ansprechpartner für die Kinderseelsorge.

Auch ihn bat ich um Diskretion.

Dann warte ich wieder am Tor auf meine Kinder. An diesen Anblick werden Sie sich noch gewöhnen, dachte ich mir. In Zukunft würde es keinen anderen geben, der sie abholte.

Zu Hause aßen wir gemeinsam, dann verteilte ich die Kinder bei ihren Freunden. Beide waren verabredet. Ich wusste zwar nicht, wer die Freunde waren und wo sie wohnten, aber die beiden kannten die Wege, da sie nicht allzu weit weg wohnten, und lotsten mich dorthin. Egal, wie viel Mühe ich mir gab, ich war immer noch der Papa und konnte ihnen nicht das Gleiche bieten wie ihre Freunde.

Kinder brauchen andere Kinder – miteinander spielen sie immer am schönsten.

Ich telefonierte mit meiner Schwester und hörte noch eine Hiobsbotschaft: meine Mutter war von einer Wespe am Hals gestochen worden und hatte einen schweren Allergieschock erlitten. Sie konnten mindestens eine Woche lang noch nicht kommen, erst wenn sich meine Mutter wieder stabilisiert hatte.

*Ein Unglück kommt selten allein. Wenn es schon einmal schlecht läuft, dann aber so richtig,* dachte ich. Ich antwortete meiner Schwester, sie sollten sich keine Sorgen machen wegen uns, wir bekämen das schon auf die Reihe.

»Da ich die letzten Jahre als Single gelebt habe, ist mir das Bügeln schon mal nicht fremd«, witzelte ich. »Und die Waschmaschine und den Trockner kann ich auch ganz gut bedienen, also kein Grund zur Sorge.«

Wir lachten und legten auf.

Der Abend verlief ruhig, wie die anderen Abende zuvor. Wir sprachen noch über Maria, die Kinder und ich, und ich log erneut. Anders ging es nicht. *Noch* nicht!

Sobald die Kinder schliefen und die Vorbereitungen für die nächsten Tage erledigt waren, fiel ich aus der »Rolle«, die ich in Gegenwart meiner Kinder spielte. Ich weinte, führte Selbstgespräche, bemitleidete mich selber und versank bis tief in die Nacht hinein in ein schmerzhaftes Gedankenkarussell. Darüber schlief ich erschöpft ein.

### Same procedere as every day.

Der nächste Morgen graute. Er fühlte sich an wie ein Schlag ins Gesicht. Ich legte den Kopf in meine Hände und bat um Kraft, das alles durchzustehen.

Es war jeden Tag dasselbe Prozedere für mich: im Schlaf vergaß ich für wenige Stunden meine Sorgen, um dann morgens umso härter wieder von der Realität eingeholt zu werden.

*Wenn ich schlief, war alles ruhig und friedlich. Sobald ich wach wurde, kamen langsam die unschönen Erinnerungen wieder hoch.*

Nachdem ich die Kinder in der Schule abgesetzt hatte, fuhr ich zum Kindergarten.

Ich traf mich mit der Leiterin des Kindergartens und berichtete ihr, was vorgefallen war. Bestürzung und Fassungslosigkeit – sie war sehr betroffen, zeigte viel Mitgefühl und versteckte auch ihre Tränen nicht vor mir. Ich weinte ebenfalls.

Sie versicherte mir all ihre Hilfe. Ich war gerührt von ihrer Herzenswärme.

Wir redeten noch über die Krankheit an sich und über den unfassbaren Ausgang dieses Schicksals.

*Innerhalb von nur einer Woche von der Diagnose zum Tod.*

Das war hart. Wir verabschiedeten uns herzlich, dann machte ich mich auf den Heimweg.

Ich beschloss, Marias Lebensgefährten Mark zu fragen, ob er mich unterstützen würde beim Übermitteln der Todesnachricht an die Kinder. Als ich ihn anrief und fragte, sagte er direkt ohne zu zögern zu. Mir fiel ein Stein vom Herzen. Es war sicher nicht das Schlechteste für die Kinder. Immerhin hatten Sie im letzten Jahr einen Bezug zu ihm aufgebaut und vertrauten ihm.

Ich schlug ihm vor, dass wir es am nächsten Tag gemeinsam machten. Nach der Schule wollten wir uns zusammensetzen und das Unausweichliche überbringen.

Ich sagte ihm, dass er nur tröstend zur Stelle sein müsste, die Nachricht würde *ich* den Kindern mitteilen. Er befürwortete diese Idee.

Also hatte ich noch einen Tag Schonfrist – um Luft zu holen und mich innerlich vorzubereiten auf das, worauf man sich nicht vorbereiten kann.

Das gab mir etwas Zeit, meinen Geist heute noch freizumachen für all die andere Dingen, um die ich mich kümmern musste.

Zum Beispiel musste ich mir überlegen, was mit meiner 1,5-Zimmer-Wohnung in Bad Kreuznach passieren sollte? Behalten machte keinen Sinn. Mal abgesehen davon, dass ich nicht wusste, wann ich zurück sein würde, war die Wohnung für mich und die Kids in Zukunft auch zu klein. Mein Entschluss war schnell gefasst: ich würde den Mietvertrag kündigen und die Wohnung auflösen.

*In diesen Zeiten lernte ich, schnelle Entscheidungen zu treffen. Ich hatte einfach keine Energie, mir lange Gedanken über einzelne Sachen zu machen.*

Im Schatten dieses Schicksals schrumpften viele »Belanglosigkeiten« zu Lappalien. Vieles relativierte sich.

Wir Menschen steigern uns oft in »Unwichtiges« rein, das es gar nicht wert ist, Zeit zu verschwenden, um sich darüber zu ärgern. Und warum? Einfach aus dem Grund, dass es uns gut geht. Denn wer wirkliche Probleme zu bewältigen hat, der beschäftigt sich gar nicht mehr mit Belanglosigkeiten.

Ich holte meine Kinder ab und wir gingen spontan in einer bekannten deutschen Restaurantkette essen. Wir verbrachten noch ein wenig Zeit im Spieleland dort und tobten uns aus. Es war schön, die Kinder noch so ausgelassen zu sehen.

Wie lange würden sie wohl brauchen, diese Gelassenheit wieder in ihrem Leben zu finden?

Würden Sie es jemals wieder schaffen?

Ja, natürlich! Ich würde alles dafür geben und für sie da sein. Immer!


Die Nacht verlief für mich besonders unruhig: die bevorstehende Nachricht, die ich am nächsten Tag überbringen musste, raubte mir den Schlaf. Ich drehte mich von einer Seite auf die andere, wälzte mich im Bett und durchschwitzte das Bettlaken.

Am nächsten Morgen weckte ich die Kinder dennoch mit meinen üblichen Blödeleien.

Ich fuhr sie zur Schule und wartete noch am Tor, bis sie in ihren Klassenzimmern verschwunden waren. Zurück in Marias Wohnung führte ich ein Telefonat mit meinem Vermieter in Bad Kreuznach und erklärte ihm die Sachlage. Er bot mir an, mich früher aus dem Mietvertrag zu entlassen, falls wir gemeinsam einen Nachmieter finden konnten. Das hörte sich gut an und war eine weitere Erleichterung bei meiner Mission, mein Leben wieder in geordnete Bahnen zu lenken. Vielleicht schafften wir es ja sogar, die Wohnung samt der Möbel abzugeben. Das würde mir viel Arbeit, Zeit und Nerven ersparen. Aber das war momentan meine kleinste Sorge.

Ich telefonierte außerdem mit dem Vermieter von Marias Wohnung und erklärte ihm ebenso alles sachlich und fragte ihn nach dem weiteren Vorgehen. Er war ebenfalls sichtlich geschockt und wollte alles Weitere vor Ort besprechen, mir auch gerne persönlich sein Beileid aussprechen. Daher vereinbarten wir einen Termin in der kommenden Woche.

*In weniger als einer Stunde würde sich für meine Kleinen*
*alles verändern und ihr Leben schlagartig anders sein.*

Da die beiden eine Ganztagsschule besuchten, damit ich arbeiten konnte, stand ich kurz vor 16.00 Uhr wieder am Schultor. Heute war jedoch alles anders als die anderen Tage zuvor. Ob ich es wollte oder nicht: ich musste der Überbringer dieser schlimmen Nachricht sein, dass ihre Mama verstorben war und nie wieder zurückkommen würde.

Ich konnte nichts daran ändern. Gar nichts. Das schmerzte mich zutiefst. Ich fühlte mich hilflos und einsam. So einsam wie noch nie zuvor in meinem Leben. Dennoch stand ich da. Aufrecht. Was blieb mir auch anderes übrig? Ich musste dem Schicksal ins Auge blicken und den Schmerz, der mich innerlich zerriss, aushalten.

Die Kinder waren ausgelassen wie immer. Sie erzählten aufgeregt von ihrem Schultag und was für komische Sachen heute vorgefallen waren. Ich lachte oberflächlich, während der Kloß in meinem Hals mir die Kehle zuschnürte und mir die Luft zum Atmen raubte.

Zu Hause angekommen aßen wir gemeinsam und ich erzähle den Kindern, dass Mark uns heute besuchen kam. Die Kids freuten sich auf die nette Abwechslung.

Mein Herz schlug wie wahnsinnig; ich wollte am liebsten flüchten und mein altes Leben wieder zurückhaben. Da hatte ich die Kinder zwar sehr vermisst und damit auch zu kämpfen, aber im Vergleich dazu schien mich dies hier total zu überfordern.

Um 17.30 Uhr klingelte Mark an der Tür. Er hatte den Kindern kleine Geschenke mitgebracht und ich ließ ihnen noch die gemeinsame Zeit zum Spielen.

Nach einer halben Stunde bat ich alle ins Wohnzimmer. Die

Kinder nahmen auf dem Bett Platz, Mark stellte sich etwa mit etwas Abstand hinter mich – als Rückendeckung sozusagen …

Ich spürte, wie elend ihm zumute war und dass er jetzt auch gerne ganz woanders wäre.

»Kinder, ich muss euch nun etwas sagen. Eure Mama hat es leider nicht geschafft. Sie ist verstorben und wird nicht mehr zu uns zurückkommen. Es tut mir so leid, Kinder.«

Dieser Moment ist der absolute Tiefpunkt meines Lebens.

Das Schreien und das Weinen meiner Kinder traf mich bis tief ins Mark. Auch jetzt, nach vier Jahren, beim Schreiben dieser Zeilen, ist mir jede Sekunde so bewusst und präsent wie damals in dieser schweren Stunde.

Mark und ich legten uns sofort auf das Bett zu den Kleinen. Wir umarmten uns alle. Und weinten gemeinsam. Wir lagen lange dort auf dem Bett. Mir zerriss es das Herz. Ich fühlte den Schmerz meiner Kinder so deutlich.

Zwei Stunden lang redeten und weinten wir gemeinsam auf dem Bett. Wir redeten und weinen. Und weinten und redeten. Die Kinder stellten uns spontan viele Fragen, die ganz aus ihnen herausbrachen:

*Wo ist Mama jetzt? Geht es ihr gut dort? War sie traurig, als sie verstorben ist?*

Diese und noch weitere Hunderte Fragen begleiteten mich die nächsten Wochen. Ich antwortete zumeist, hört sich sicher sehr komisch an, automatisch. Die Antworten kamen wie von selbst aus mir heraus. Ich musste nicht darüber nachdenken, was ich sagte, und ich war froh darum. Es fühlte sich natürlich an und deshalb ließ ich es einfach geschehen. Ich machte mir auch keinerlei Gedanken, ob die Antworten sinnvoll oder logisch waren und ob sie der Wahrheit entsprachen. Ich ließ die Worte einfach aus meinem Mund kommen. Es waren Worte voller Liebe und Weisheit.

»Papa, wie ist es wenn man im Himmel ist?«, fragte meine Tochter.

»Im Himmel gibt es nur Liebe. Dort gibt es keine Trauer, keine Angst und keine Sorgen. Alles ist wunderschön. Der Körper von Mama war schon sehr schwach und krank, deswegen hat Gott sie zu sich geholt. Als Engel hat sie nun die Aufgabe, euch von dort oben zu schützen. Und immer, wenn ihr an sie denken müsst, wisst ihr, dass sie in diesem Moment auch ganz doll an euch denkt.«

»Ist Mama denn traurig, dass sie nicht mehr hier ist?«, fragte mein Sohn anschließend.

»Nein, sie ist nicht traurig. Sie hat euch zur Welt gebracht und ist somit ein Teil von euch und lebt in euch weiter. Sie ist immer mit euch verbunden und freut sich, wenn ihr euch freut und sie in guter Erinnerung behaltet.«

Auch ich hörte diese Worte zum ersten Mal und war überrascht, wo all das herkam, aber ich wehrte mich nicht dagegen, sondern akzeptierte es. So war es wohl, wenn man »geführt« wurde?

Irgendwann verabschiedete sich Mark von uns und wir drei waren wieder alleine.

Jetzt war zwar dieser große Brocken von meinen Schultern

gefallen, aber ich fühlte mich noch elender als zuvor. Jetzt war es für meine Kinder Gewissheit: die Mama würde nicht mehr wiederkommen. Nie wieder.

Damals ärgerte ich mich im Nachhinein, dass ich diese schlimme Nachricht so gefasst und klar übermittelt hatte. Hätte ich sie nicht doch besser spielerischer überbringen sollen?

Nach einer gewissen Zeit der Nachschau weiß ich nun, dass es genau richtig war so. Kinder brauchen Klarheit, egal wie schlimm es auch sein mag …

Klarheit schafft einen Raum, sodass man weiß, woran man ist. Es können keine Illusionen oder gar Missverständnisse entstehen.

Wir beschlossen, die nächste Zeit gemeinsam in einem Zimmer zu schlafen. Wir brachten alle Matratzen in Devins Zimmer und richteten uns dort gemütlich ein.

Ich wollte meinen Kindern jetzt besonders nah sein, auch wenn sie schliefen. Ich ließ sie von nun an nicht mehr aus den Augen.

Die folgenden zwei Wochen nahm ich die Kinder aus der Schule, damit ich mich intensiv um sie kümmern konnte. Sie sollten erst mal den Schock und den starken Schmerz etwas verarbeiten und sich nicht mit der Schule rumschlagen müssen.

Um 20.00 Uhr schliefen wir bereits alle gemeinsam ein und wachten am nächsten Morgen mit verweinten Augen und verletzten Seelen auf. Ich betete und hoffte auf Führung. Auf irgendeine Kraft, wie immer man sie auch nennen mochte, welche mir die notwendigen Schritte zeigte und mir in meiner Überforderung Hoffnung schenkte. Wie sonst sollten wir die kommende Zeit überstehen?

Die nächsten Tage drehten sich, wie sollte es auch anders sein, nur um ein Thema: Marias Tod. Wir redeten sehr oft darüber und die Kinder stellten mir viele Fragen. Ich versuchte mein Bestes, um ihnen Halt zu geben, sicher vor ihnen zu stehen und Zuversicht auszustrahlen.

Wir unternahmen viel gemeinsam in diesen Tagen. Wir gingen spazieren, besuchten neue Spielplätze, malten und bastelten gemeinsam.

Die Kinder gingen auf sehr natürliche Weise mit dem Tod ihrer Mutter um. Wenn wir beim Spazierengehen mit fremden Menschen in Kontakt kamen, hatten die beiden keine Scheu, sofort und unbefangen von ihrem Schicksal zu berichten:

»Unsere Mama ist vor ein paar Tagen gestorben. Sie ist jetzt im Himmel bei den Engeln«, höre ich meine Tochter oft sagen.

Die Erwachsenen wussten zumeist gar nicht, wie sie darauf reagieren sollten. Damit rechnete nun keiner, dem wir begegneten. Ich sprang dann meistens ins Gespräch mit ein, um die Situation zu entspannen.

Ich musste registrieren, dass der Tod einfach ein Tabuthema in unserer Gesellschaft war.

Es gibt nichts Sichereres auf dieser Welt, in der wir alle leben, als die Tatsache, das wir alle irgendwann sterben werden. Ab dem Tag unserer Geburt ist dies die unumstößlich eine Wahrheit, die zu uns gehört. Wieso verdrängen wir dieses Thema dann so und gehen nicht viel natürlicher damit um?

Von Kindern können wir sehr viel lernen. Sie haben eine schöne, angeborene Natürlichkeit. Wenn sie über den Tod reden wollen, tun sie das. Mit jedem und zu jeder Zeit. Wenn sie traurig sind und weinen wollen, tun sie das. Immer und zu jeder Zeit. Sie kennen keine Scheu und keine sogenannten Regeln, an die man sich halten müsste. Wir Erwachsenen pressen diese Natürlichkeit in Systeme und Regeln. Das sagt man nicht, das macht man nicht. Und schon denken unsere Kinder, dass sie etwas falsch machen!

Was uns betraf, so ließ ich meine Kinder ihren natürlichen Umgang mit dem Tod ihrer Mutter, soweit es ging, ausleben. Wir integrierten dieses Thema in unseren Alltag und verbannten es nicht aus unserem Leben.

In unserer Wohnküche errichteten wir auf einem Sideboard eine Art Schrein für Maria. Dort drapierten wir allerhand persönliche Utensilien von ihr. Zum Beispiel das Parfum, das sie zuletzt immer benutzt hatte, ihr Lieblingshalstuch, den Schmuck, den sie getragen hatte, ein paar Fotos und einige Kerzen, die wir abends immer anzündeten.

Im Park, in dem wir immer spazieren gingen, hinterließen wir auf einer Brücke ein Schloss mit den eingravierten Namen der Kinder, der Mutter und dem Todesdatum. Es war für mich sehr bewegend, mit den Kindern das Schloss anzubringen und dann den Schlüssel gemeinsam in den Fluss zu werfen. Alles kleine, aber hilfreiche Schritte des Abschieds …

Wir waren gemeinsam beim Fotografen, um diese prägende Zeit für uns festzuhalten – und als Geschenk und Grabbeigabe für die Mutter. Unser gemeinsames Foto verpackten wir schön, versahen es mit einem selbstgemalten Bild und legten es später ins Grab der Mama.

Abends sahen wir uns gemeinsam Fotos an und sprachen über lustige Geschichten und Erlebnisse. Gemeinsam malten wir Bilder und bastelten Anhänger als Abschiedsgeschenke für Maria.

Die erste Woche war komplett geprägt von diesem Thema. Unser ganzes Leben bestand nur daraus. Alles, was wir taten, sprachen, malten, bastelten, trug Marias Tod in sich.

Es war für uns drei eine wichtige Zeit. Die Zeit der Ruhe und die Zeit des ersten zaghaften Realisierens, was geschehen war.

In den ersten zwei Wochen waren wir fast die ganze Zeit alleine. Mein Gefühl bestätigte mir täglich, dass es richtig und wichtig war, in diesen Momenten alleine zu sein mit meinen Kindern. Es war auch sehr wichtig für mich. Ich konnte mich meinen Kindern auf natürliche Weise annähern. Herausfinden, was sie benötigen, fühlen und denken.

Es war mir wichtig, die Kinder in dieser Situation keinen unnötigen Einflüssen auszusetzen.

Was wir brauchten, war Zeit für uns alleine. Und die haben wir uns auch genommen.

Natürlich hinterlässt ein solches Ereignis ein Trauma in Kindern, was oft mit körperlichen Symptomen einhergeht. Meine Tochter begann in der Zeit, sich zu kratzen. An Gelenken und weichen Hautpartien kratzte sie, bis sie blutig war. Das als Vater hilflos mit anzusehen, war keine leichte Aufgabe. Mir war bewusst, dass es seelischen Ursprungs war und auch nicht mit ein paar Therapiestunden erledigt sein würde.

Der innere Druck, die Zerrissenheit, die Traurigkeit suchte sich auf diese Weise Ausdruck.

Mein Sohn bekam arge Einschlafprobleme. Zuvor hatte er nie Probleme mit dem Einschlafen.

So gut es mir möglich war, versuchte ich, die Leiden meiner Kinder mitfühlend anzunehmen und ihnen in allererster Instanz mit Liebe und Aufmerksamkeit zu begegnen. Natürlich war es ebenso wichtig, auch professionelle Hilfe hinzuzuziehen. Als Elternteil und Selbstbetroffener war ich viel zu nah dran, um meinen Kindern so professionell helfen zu können, wie es ein ausgebildeter Therapeut tat.

Mir war bewusst, dass ich für meine Kinder schnellstens einen Kindertherapeuten suchen musste. Aber noch klarer war mir, dass auch ich Hilfe brauchte und für mich jemanden zum Reden benötigte. Vielleicht sogar noch dringender als die Kinder. Denn es hätte keinem geholfen, wenn ich in dieser Phase ausgefallen wäre. Ich musste stark bleiben und deswegen war es wichtig für mich, auch mich stärken zu lassen.

Liebe Leser,

hier kommt ein kleiner persönlicher Apell, der mir sehr am Herzen liegt.

Bitte sucht euch Unterstützung. Solche oder ähnlich schwere Schicksale lassen sich nicht alleine verarbeiten. Lasst euch helfen und unterstützt andere dabei, Hilfe anzunehmen. Es ist kein Zeichen von Schwäche, sich helfen zu lassen!

In unserer Gesellschaft ist es leider noch nicht anerkannt, seine Hilflosigkeit offen und ehrlich anzuerkennen und sich auch mal verletzlich zu zeigen.

Es gibt ganz tolle, wunderbare Menschen da draußen, die es sich zum Beruf gemacht haben, anderen Menschen wieder einen Weg aufzuzeigen. Bitte nutzt diese Möglichkeiten.

Es zeugt von Größe, sich Hilfe zu holen und ist keine Schande, sich seine Schwäche einzugestehen.

# Familienzusammen-
# halt und der letzte
# Abschied

---

In der Zwischenzeit ging es meiner Mutter ein wenig besser und meine Eltern traten mit meiner Schwester die Rückfahrt aus der Türkei nach Deutschland an. Das war Zusammenhalt! Erst vor zwei Wochen waren sie 3 000 Kilometer mit dem Auto in die Türkei gefahren und jetzt reisten sie wegen uns wieder zurück. Ohne Verdruss und ohne eine Sekunde zu zögern; für sie war das einfach klar und selbstverständlich.

Zwei Tage später trafen sie dann ein.

Es tat uns allen gut, die Familie nun bei uns zu haben. Wir redeten und weinten weiterhin viel. Meine Mutter wollte die ganzen nächsten Wochen bei uns bleiben, um mir daheim im Haushalt zur Hand zu gehen und mir bei meinen bevorstehenden bürokratischen Aufgaben ein wenig den Rücken zu stärken.

Mittlerweile war auch die Obduktion abgeschlossen und der Termin für die nächste große Herausforderung war angesetzt. Die Beerdigung. Für mich war sofort klar, dass ich die Kinder nicht mitnehmen würde. Sie waren in meinen Augen noch nicht stabil genug, um dieses traurige Ereignis hinter sich zu bringen und zu verstehen, was dort passiert.

Meine Schwester war so nett und erklärte sich bereit, während der Beerdigung auf die Kinder aufzupassen. Eine sehr große Erleichterung für mich, da ich sonst nicht gewusst hätte, bei wem ich die Kinder lassen sollte. Alle Menschen, die ich in Essen kannte, waren ja selbst auf der Beerdigung zugegen ...

Wie nicht anders zu erwarten, war die Beerdigung sehr tränenreich. Fast alle hundert Besucher, darunter auch alte Schulkameraden, ehemalige Ausbilder, Arbeitskollegen von Maria, waren sichtlich betroffen.

Für die Trauer, die Marias Mutter, Vater und Bruder in sich trugen, lassen sich keine Worte finden. Was für eine unglaublich große Bürde, sein eigenes Kind, seine eigene Schwester beerdigen zu müssen!

Ich stand die ganze Trauerfeier über neben mir. Die Trauer hatte mich vollkommen für sich eingenommen. Ich spürte die Trauer meiner Kinder. Ich spürte Marias Trauer, die bis zum Schluss gekämpft und ihre Kinder über alles geliebt hatte und die sie letztendlich zurücklassen musste.

***Der schwerste Moment für mich war, als ich die gebastelten Sachen, die Stofftiere, die Bilder, die die Kinder für Maria angefertigt hatten, ins Grab legen musste.***

Vorbei. Für immer mussten diese Kinder nun ohne ihre geliebte Mutter leben.

So jung und doch schon so gefordert und geprüft vom Leben.

Ich war zerrissen. Meine Kinder hatten sicher viele Fragen bezüglich der Beerdigung.

Noch während der Trauerfeier, zu der alle meine Verwandten aus ganz Deutschland angereist waren, entschied ich, am

Wochenende wegzufahren mit meinen Kindern. Ich musste raus. Raus aus diesen vier Wänden, etwas anderes sehen, etwas anderes erleben, etwas anderes fühlen. Einfach Raum schaffen für andere Gedanken, für andere Eindrücke.

## Auszeit zum Auftanken

Ich buchte spontan ein Ferienhaus im Paderborner Raum für das Wochenende. Innerlich bereitete ich mich schon darauf vor, wieder einige schwere Gespräche zu führen.

Deshalb war es schwierig für mich, da ich nicht immer die richtigen Antworten wusste. Ich wollte meine Kinder schützen. Am liebsten hätte ich sie in Watte gepackt und vor all dem Unschönen aktuell und auch zukünftig in ihrem Leben bewahrt.

Das Haus, das wir gemietet hatten, war einfach toll. Es erstreckte sich über zwei Etagen, hatte einen schönen Garten und eine ganz tolle, riesige Badewanne. Wir fühlten uns sofort sehr wohl dort. Auch das Pärchen, dem das Haus gehörte, war ganz liebenswert. Als sie von unserem Schicksal hörten, ließ es sich die ältere Dame nicht nehmen, den Kindern süße Stofftiere zu schenken. Die Vermieter und ich standen im Flur, es war still, wir beobachteten die Kinder, wie sie die Spielzeugecke im Wohnzimmer erkundeten. Jeder von uns wusste, was dieses Schicksal für die Kleinen bedeutete, nur sie selber waren ahnungslos und ahnten noch nicht, was das für ihr ganzes weiteres Leben hieß …

Wir verbrachten zwei wirklich tolle, gefühlvolle, lustige Tage in dem Paderborner Ferienhaus, ehe wir spontan für einen Kurzbesuch zu meinem Cousin Muzaffer aufbrachen. Er wohnte ganz in der Nähe. Die Situation war für uns alle nicht leicht. Wir konfrontierten ihn und seine Familie mit dem Tod und unserem Leid. Der Sohn meines Cousins war im selben Alter wie Devin.

Ich merkte, wie sehr es auch der Frau meines Cousins naheging. Mein Cousin konnte mit der Situation schon viel besser umgehen – für ihn war sie nicht ganz so neu, weil er mich telefonisch die ganze Zeit über begleitet hatte und an meiner Seite war.

*Die Gesichter meiner Kinder sprachen Bände. Auch wenn sie spielten, lachten und ausgelassen wirkten, umgab sie eine unsichtbare Aura des Verlustes.*

Wir redeten beim Abendessen sehr offen über Marias Tod. Viele andere Themen gab es im Moment leider nicht. Mein Cousin erklärte seinem Sohn, dass der Tod zum Leben dazugehört und man jeden Tag dankbar sein durfte für sein Leben, weil sich jederzeit alles ändern konnte.

Die Kinder spielten noch eine Weile und ich besprach mit meinem Cousin, welche Schritte als Nächstes zu organisieren waren und wie er mich dabei unterstützen könnte. Für seine logische, sehr strukturierte Art, auch in Krisensituationen bedacht vorzugehen und die Übersicht zu behalten, liebe und schätze ich meinen Cousin. In diesen schweren Zeiten war das unbezahlbar wertvoll für mich. Er nahm mir bewusst viele Entscheidungen ab und ich war sehr dankbar dafür. Denn ein Mensch in dieser schwierigen Situation hat schon genügend Entscheidungen zu treffen.

Gegen Abend machten wir uns wieder auf den Weg zurück zum Ferienhaus. Den nächsten gemeinsamen Vormittag nutzten wir für Brettspiele und ausgelassenes Toben im Garten.

Wir grillten und sahen ein paar Stunden fern. Das war zwar pädagogisch nicht sehr wertvoll, aber musste auch mal sein.

Den Abend nutzten wir, um gemeinsam in der herrlich großen Badewanne, die dieses Haus zu bieten hatte, rumzualbern. Die Überschwemmung im Badezimmer war perfekt! Nach zwei Stunden Spaß im Badewasser waren unsere Hände schrumpelig und im Badezimmer sah es aus wie in einer Sauna. Danach hauten wir uns direkt in die Betten, ich las noch so gut es ging eine Geschichte vor und schlief beim Vorlesen ein.

Am nächsten Tag ging es nach dem Frühstück wieder zurück in unser altes Leben. Die zwei Tage hatten uns allen sehr gutgetan. Rauszukommen aus der Wohnung, ein wenig abzuschalten, einen Tapetenwechsel zu haben und nicht mit jedem Handgriff auf Erinnerungen zu stoßen.

Mit jedem Kilometer, den wir fuhren, fühlte es sich so an, als ob diese alten Erinnerungen zurückkämen …

# Ein neuer Lebens-
# abschnitt

---

Das Begräbnis lag nun hinter uns. Ob wir es wollten oder nicht, wir mussten uns wieder in unserem Alltag und einer neuen Lebenswelt zurechtfinden. Ich war bestrebt, alles dafür zu tun, dass wir so schnell wie möglich Halt in diesem neuen Leben fanden.

Auf meiner Agenda standen einige dringende Vorhaben, die ich erledigen musste.

Dank der Unterstützung durch meine Mutter konnte ich diese Aufgaben entspannter angehen.

Ich fuhr nach Bad Kreuznach, zu meiner Arbeitsstelle und in meine Wohnung.

In der Zwischenzeit hatten sich glücklicherweise beim Vermieter einige Interessenten für die Wohnung gemeldet.

Ein junger, alleinstehender Mann, der gerade eine Ausbildung bei der Polizei begonnen hatte, suchte genau so eine Wohnung. Wir wurden uns einig, er nahm die Wohnung sogar samt der kompletten Ausstattung. Ein Glücksgefühl durchfuhr mich. Ein solches positives Gefühl hatte ich schon lange nicht mehr gehabt. Es war ungewohnt. Schön und seltsam zugleich!

*Durfte ich mich überhaupt freuen, in dieser Phase meines Lebens?*

Aber natürlich. Wenn die Freude da war, war sie da und sollte nicht weggedrückt werden, entschied ich. Alles Natürliche sollte geschehen, anstatt mit dem Verstand gegenzusteuern.

Einige Sachen aus dem Keller wollte ich mitnehmen. Ich packte alles ins Auto und schloss den Kofferraum. Danach verabschiedete ich mich noch schnell bei meiner Nachbarin, die sich immer sehr nett und liebevoll nach meinem Wohlbefinden erkundigt hatte.

Dieses Kapitel war nun auch beendet. Vier Jahre in meiner Singlewohnung waren nun vorbei. Erinnerungen kamen hoch. Vier Jahre wohnte ich dort alleine, folgte meinen Gedanken, dachte oft, sehr oft an meine Kinder und vermisste sie sehr.

Wie das Leben so spielt. Nun war ich alleinerziehender Vater der beiden.

Ich quartierte mich in einer Pension bei einer alten Dame ein und bereitete mich mental darauf vor, am nächsten Tag wieder in die Firma zu gehen. Denn das war nicht so einfach für mich, nach dieser aufwühlenden Zeit. Wie würden wohl die Kollegen reagieren? Wie würden sie mich anschauen? Was dachten sie jetzt über mich? Dies waren nur einige der Fragen, die mir durch den Kopf gingen.

*Ich hatte mich verletzlich gezeigt. Nun konnte ich nicht, wie sonst üblich, die Maske des erfolgreichen, immer fleißigen Mitarbeiters aufsetzen. Ich musste mich zeigen, wie ich war. Echt.*

Wer sich jahrelang hinter dieser Maske versteckt hatte, für den war das eine große Herausforderung. Ich war gespannt und aufgeregt, wie die Gespräche mit meinen Vorgesetzten und Kollegen wohl verlaufen würden.

Wie ich mir schon gedacht hatte, musste ich oft über unsere Situation berichten, was mir sichtlich schwerfiel, aber dennoch ganz gut gelang. Meine Kollegen, mit denen ich schon einige Jahre zusammenarbeitete, wünschten mir alles Gute und sprachen mir viel Kraft und motivierende Worte aus.

Für das Gespräch mit meinem Vorgesetzten hatte ich einen Wunsch und ein Ziel. Unter Tränen trug ich ihm meinen Wunsch vor, das nächste Jahr vom Home-Office aus zu arbeiten.

In der jetzigen Situation war es für mich unmöglich, zu pendeln. Von zu Hause arbeiten zu können, das würde mir meine, an sich schon nicht so einfache Situation, um einiges erleichtern. Mir war auch bewusst, dass dieser Wunsch – so notwendig er für mich erschien –, keine Selbstverständlichkeit war. Ich musste auf das Wohlwollen meiner Vorgesetzten sowie der Personalabteilung vertrauen.

Meine Vorgesetzten reagierten sehr verständnisvoll auf meine Situation und versprachen, alles Weitere in die Wege zu leiten, damit ich von zu Hause aus arbeiten konnte. Unglaublich.

Ein weiterer großer Stein fiel mir vom Herzen. Ich freute mich wirklich sehr, innerlich war ich zu Tränen gerührt. Nun war wieder eine herausfordernde Aufgabe gemeistert.

Ich verabschiedete mich nochmals bei allen Kollegen, die mich im nächsten Jahr nur noch alle vier Wochen für zwei Tage persönlich im Büro zu Gesicht bekämen.

Ich sagte auch Melanie, unserer Abteilungsleitungsassistentin, auf Wiedersehen, ohne deren Hilfe es mir wohl nicht gelungen wäre, dieses eine Jahr Home-Office zu beantragen und die wirklich viel für mich organisierte, regelte und mir beistand.

Beim Verlassen der Firma musste ich weinen. Es war alles andere als leicht gewesen, mit Menschen, zu denen ich eher eine professionelle Beziehung pflegte, ganz offen über meine Gefühle zu reden. Es machte mich schutzlos und ich fühlte mich dabei alleine und auf mich gestellt.

*Diese ganzen notwendigen Schritte, die getan werden mussten, kosteten mich viel Kraft und Überwindung, da ich mich jedes Mal aus meiner Komfortzone bewegen musste. Aber sie ließen mich auch wachsen! Ich befand mich auf meiner persönlichen Entwicklungsreise.*

Ich setzte mich ins Auto und machte mich auf den Heimweg. Es fühlte sich noch nicht an wie der Heimweg, aber er war es. Die letzten vier Jahre war mein Heimweg ja genau die entgegengesetzte Richtung gewesen.

So viele Jahre bin ich diese Strecke von Bad Kreuznach nach Essen nun gefahren. Vier Jahre lang, über 80 000 Kilometer, knappe 1000 Stunden hatte ich alleine im Auto verbracht. Das war viel Zeit zum Nachdenken. Viele traurige Stunden, viele fröhliche Stunden habe ich auf diesen Fahrkilometern hinter mir gelassen. Vieles habe ich mit mir geklärt, besprochen, bearbeitet und sicherlich auch verarbeitet.

> Die heutige Rückfahrt ist eine neue Fahrt auf alten Wegen. Ich bewege mich auf mein neues Leben zu.

Was mich die letzten Jahre über traurig gemacht hatte, nämlich jedes Wochenende auf der Heimfahrt die Trauer zu spüren, meine Kinder zurückzulassen und wieder eine Woche lang kein Teil ihres Lebens zu sein – das sollte mich eigentlich nun fröhlich machen. Tat es aber nicht. Konnte es nicht.

Nun war *ich* der Hauptteil ihres Lebens.

Diese Fahrt war anstrengender als alle anderen zuvor. Ich kannte die Strecke, inklusive aller Ausweichrouten, in- und auswendig. Ich wusste genau, zu welcher Zeit wo am meisten Verkehr herrschte.

Doch ich war nicht bei mir. Wie in Trance fuhr ich. Dass ich mich an die vergangenen zwanzig Minuten gar nicht mehr erinnern konnte, null, das erschreckte mich. Ich musste schleunigst nach Hause und mich ausruhen.

Erst jetzt merkte ich die Anspannung der letzten Tage. Wie sie sich legte und ich in mir zusammensackte. Jetzt da ich alleine war und ein wenig Zeit zum Nachdenken hatte, setzte sich alles.


Ich war wieder daheim. Die Kinder freuten sich sehr, mich wiederzusehen. Nach diesen intensiven Wochen der Dreisamkeit war es auch ihnen nicht leicht gefallen, von mir getrennt zu sein. Vollkommen klar: sie hatten den größten Verlust hinter sich, den man sich vorstellen konnte, und nun hatten sie natürlich Angst, auch mich zu verlieren. Mir ging es ganz genauso. Was wäre, wenn mir etwas zustieße und die Kinder dann ganz alleine waren? Ich ließ nicht zu, dass diese Gedanken und die Angst mich einnahmen. Es war sinnlos, über Unwägbarkeiten nachzudenken, die aber durchaus passieren konnten.


*Alles erdenklich Schlimme kann passieren und genauso gut alles erdenklich Schöne. Die Frage ist, worauf wir uns fokussieren wollen …*

Meine Mutter hatte es hervorragend hinbekommen mit den Kindern. Den Schulweg kannte sie inzwischen wie ihre Westentasche, die Vereine und Freunde meiner Kinder hatte sie ebenso parat. Ich glaubte, es gab nicht vieles, was meine Mutter sich nicht zutraute und hinbekam. Sie packte alles an und lamentierte nicht lange herum. Eine starke Persönlichkeit.

Ich freute mich auf eine leckere Mahlzeit. Es schmeckte für mich wieder nach Kindheit. Sie servierte Gerichte, die ich als Kind schon gerne gegessen hatte.

### *Die »Mutterküche« vergisst man niemals im Leben!*

Nachdem die Kinder im Bett waren, redete ich lange mit meiner Mutter. Wir hatten schon immer ein sehr enges Vertrauensverhältnis zueinander. Besonders in dieser Situation war das sehr hilfreich. Ich musste mich nicht verstellen, konnte so sein, wie ich bin und meine Gefühle offen zeigen. Mit ihrer Lebenserfahrung, ihrem sicheren Stand im Leben und ihrer Zuversicht gab mir meine Mutter viel Kraft.

Ich war dankbar, dass sie bei mir war, um mich zu unterstützen. Meine Kinder hingegen hatten ihre Mutter verloren. Was für eine Ironie des Schicksals – die Dualität des Lebens.

Ohne die Nacht, gäbe es keinen Tag. Ohne die Stille zwischen den Tönen gäbe es keine Musik. Nach dem Sommer kommt irgendwann der Winter.

Freude – ich bezweifelte, dass dieses Gefühl jemals wieder in mein Leben kommen würde. Meine Lebenserfahrung sagte mir zwar etwas anderes, aber so richtig konnte ich nicht daran glauben. Denn ich war aktuell sehr weit weg von ihr: der Freude.

Die nächsten Tage telefonierte ich viel mit meinem Cousin. Seine Hilfe ist großartig. Er ist einfach da für mich. Selbstverständlich. Ohne Fragen. Ohne Forderungen. Ohne Erwartungen. Wir arbeiteten gemeinsam das Vorgehen der nächsten Wochen aus. Ich war heilfroh, dass er mit seiner analytischen, strukturierten Denkweise Ordnung in mein Chaos brachte. Durch meine emotionale Betroffenheit war ich nicht fähig, alles so anzugehen, wie ich es gewohnt war von mir. Ich verlor mich sehr oft in Gedanken und tauchte in die Tiefen meiner Gefühle ein.

Es gab sehr viel zu tun für mich in den nächsten Tagen und Wochen. Die ganze Bürokratie rund um Marias Tod kostete mich im Endeffekt acht Wochen – und zwar Vollzeiteinsatz von 8.00 bis 16.00 Uhr. Ich verwaltete den Tod eines Menschen, den ich mal geliebt hatte. Wieder so eine Ironie des Lebens. Es war Fluch und Segen zugleich. Einerseits ermöglichte es mir, nicht in meinen Gedanken zu versinken, auf der anderen Seite war dadurch dieser Schicksalsschlag immer und immer wieder aufs Neue omnipräsent.

Da wir nicht verheiratet waren, hatte Maria das alleinige Sorgerecht. Das bedeutete, dass das Jugendamt feststellen musste, ob die Betreuung für das Kindeswohl bei mir gewährleistet war.

In den nächsten Tagen kam eine nette Dame vom Jugendamt vorbei, um sich vor Ort ein Bild von der Situation zu machen. Ich erklärte ihr den ganzen Fall, wie wir momentan zusammenlebten und wie ich die nächsten zwölf Monate für uns geplant hatte. Sie war positiv angetan.

Sie redete noch kurz mit den Kindern und bevor sie sich verabschiedete, sagte sie mir, dass es aus ihrer Sicht das Beste für die Kinder war, bei ihrem Vater zu sein, und dass ihr Bericht sehr positiv ausfallen würde.

Ein weiterer kleiner Stein fiel mir vom Herzen. Diese Sache

dauerte noch ein wenig länger, wie ich im Nachhinein feststellen sollte. Aus unerklärlichen Gründen war ich nämlich in der Geburtsurkunde meines Sohnes nicht als Vater aufgeführt. Ob dies damals versäumt worden oder ein Fehler im System war, ließ sich nicht mehr ermitteln.

Fakt ist, dass die leibliche Abstammung nicht geklärt war. Ich wurde oft geprüft in diesen Zeiten. Ich musste also einen Vaterschaftstest machen. Ohne dieses Gutachten war meine Vaterschaft nicht gerichtszulässig und die Vormundschaft lag beim Amtsgericht.

Der Termin verlief relativ entspannt. Ich nahm beide Kinder mit, obwohl nur mein Sohn und ich eine Speichelprobe abgeben mussten.

Das Institut war sehr interessant für meine Kinder, die sich neugierig alles ansahen. Es standen viele Gerätschaften herum, die sogar ich nicht kannte, obwohl ich aus einem technischen Beruf komme.

Da ich zuvor bereits mit der Institutsleiterin gesprochen und um einen zeitnahen Termin gebeten hatte, war unsere Geschichte dort schon bekannt und wir wurden herzlich und mit ein paar aufmunternden Worten aufgenommen. Viele nachfolgende Vorgänge konnten erst eingeleitet werden, wenn die Vaterschaft bestätigt worden war.

Innerhalb einer Woche, sonst ein Ding der Unmöglichkeit, hatten wir den Termin bekommen. Und durften sogar einen kleinen Rundgang im Institut machen und die vielen Gerätschaften wurden uns erklärt. Die Speichelprobe abzugeben war das Langweiligste, was wir dort erlebten – so zumindest die Aussage meines Sohnes.

Nun hieß es, eine Woche warten, bis uns das Ergebnis zugestellt wurde.

Pünktlich nach dieser Woche erhielten wir in Kopie das Ergebnis der Untersuchung: mein Sohn war zu 99,9999 Prozent mein »Sohn«. Ich freute mich, obwohl es für mich schon klar war.

Der nächste Schritt war, mich nun auch in der Geburtsurkunde als Vater nachtragen zu lassen. Dazu musste ich nach Düsseldorf aufs Rathaus, da mein Sohn damals in Düsseldorf in der Uniklinik geboren worden war.

In diesen Zeiten merkte ich sehr deutlich, wie wichtig Menschlichkeit ist. Ich bekam sehr viel Mitgefühl und wurde, so gut es ging, von den Institutionen und vor allem den dort arbeitenden Menschen unterstützt.

Düsseldorf war daher schnell abgehakt. Im System wurde die Mutter von nun an als verstorben aufgeführt.

Jetzt musste die Geburtsurkunde meiner Tochter noch angepasst werden.

Dieser Vorgang führte mich in den nächsten Tagen nach Mühlheim, da meine Tochter dort zur Welt gekommen war. Wir waren zwischen Devin und Ceylins Geburten von Wuppertal nach Essen beziehungsweise Mülheim gezogen. Die Geburtsurkunde wurde auch hier relativ schnell angepasst und mit ein paar guten Wünschen der Beamtin für unsere Zukunft verließ ich das Rathaus wieder.

Ich sortierte mich im Kopf: Nachweis der Vaterschaft war erledigt. Geburtsurkunden waren korrigiert und ich als Vater eingetragen.

Was noch anstand: Mietvertrag umschreiben, Auflösung für Marias Konten beantragen, Einzugsermächtigungen ändern für Strom, Gas und Wasser, Rentenkasse informieren, neue Einzugsermächtigungen für Sportvereine der Kinder erteilen, Schulbehörde informieren, Kindergeldkasse anschreiben,

Abonnements und Handyverträge kündigen, Kfz-Behörde und Kfz-Versicherung informieren, Ratenzahlungen, die noch liefen, begleichen, offene Rechnungen abklären, Termin beim Anwalt bezüglich des Erbes machen, die Schule informieren, an der Maria eine Fortbildung gemacht hatte, ihren Arbeitgeber, Bekannte und Freunde informieren. Vorgespräche beim Kindertherapeuten und Termine machen.

Eine unvollständige Aufzählung dessen, was für mich zu erledigen war und Kraft kostete. Jedes einzelne Gespräch, jeder Schriftverkehr, jede E-Mail war eine Auseinandersetzung mit dem Erlebten.

Die Sterbeurkunde, die ich fast überall vorzeigen musste als Nachweis, verschickte ich in der Zeit sicher mehr als sechzigmal.

### *Papa bekommt das Sorgerecht!*

Nach fünf Wochen hatte ich endlich den wichtigsten Termin vor mir. Ich durfte mit den Kindern vor Gericht vorsprechen. Die Richterin war sehr nett und verständnisvoll. Sie redete zuerst mit meinen Kindern und nahm sich für beide einzeln Zeit. Dann sprachen wir alle gemeinsam mit ihr. Auch die Vertreterin des Jugendamts war vor Ort. Wir begrüßten uns herzlich und sie nickte mir zuversichtlich zu. Die Richterin gab die Anwesenden zu Protokoll und erklärte die Sachlage für die Akten.

Dann befragte sie nochmals offiziell die Kinder, ob sie gerne bei ihrem Papa Leben wollten. Sie bejahen beide. Die Richterin erließ ihr Urteil und übertrug mir das alleinige Sorgerecht für meine beiden Lieblinge. Ich war zu Tränen gerührt und weinte noch im Gerichtssaal. Die Anspannung der letzten Wochen löste sich nun. Meine Gefühle spielten verrückt. Freude, Trauer, Glück, alles vermischte sich.

Ich umarmte meine beiden Kleinen und flüsterte: »Ich bin für euch da, ich werde immer für euch da sein, vergesst das niemals».

Zur Feier des Tages gab es für uns alle als Seelentröster ein übergroßes Eis. Einfach Lecker.

## Auftanken in der »Heimat»

Seit Marias Tod waren mittlerweile fast sechs Wochen vergangen. Für mich, der von einer Baustelle zur nächsten gerannt war, waren sie beinahe verflogen.

Es wurde Zeit zum Durchatmen und da traf es sich gut, dass nun die Herbstferien anstanden.

Ich fragte meine Eltern ganz spontan, ob Sie nicht Lust hätten auf eine Woche Urlaub mit uns. Weg von allem, noch ein wenig Sonne tanken, abschalten, ablenken.

Nach kurzem Überlegen sagten sie zu. Endlich wieder etwas, worauf wir uns freuen konnten!

Diese Woche, die wir gemeinsam in der Türkei verbrachten, verlief so, wie man sich einen Urlaub vorstellt: wir hatten Glück mit dem Wetter, es war Mitte Oktober und die Sonne knallte.

Das Hotel war relativ groß und bot allerhand Aktivitäten, die auch den Kindern guttaten.

Die Natur tat ihren Dienst: Sonnenlicht, frische Luft und das Meer wirkten wie Balsam auf unsere Seelen.

Abends hatte ich – dank meiner Eltern, die Babysitter für mich spielten – Zeit für mich.

Vom üblichen Touristenrummel und den vollen Bars hielt

ich mich fern. Ich war von all dem, was der normale Urlauber gerne macht, weit entfernt. Die anderen Gäste und mich, uns trennten Welten voneinander. Ich ging barfuß durch den Sand, lauschte dem Meeresrauschen und nutzte die Gelegenheit, meinen Gedanken freien Lauf zu lassen …

Egal, welches Leben jeder Einzelne von uns gerade zu leben hat, wir alle sehen immer nur unsere Welt. Sie ist begrenzt auf das, was wir denken, sehen, erleben und uns wünschen. Darin sind wir uns alle sehr ähnlich. Wir leben in unserer Welt. Jeder für sich, in seiner eigenen. Es gibt keine objektive Welt und keine einheitliche Realität. Jeder hat seine eigene Realität. Jeder sieht die Welt durch seine eigenen Filter. Filter, die man sich im Laufe des Lebens aneignet. Alles, was wir wahrnehmen, geht durch diese Filter hindurch. Alles andere blenden wir mehr oder weniger aus.

Ein Mensch, der beide Eltern bei einem Autounfall verloren hat, wird das Schicksal anders sehen als meine Kinder. Er wird sagen, seid dankbar, ihr habt noch ein Elternteil, ich habe niemanden mehr.

Der Bauer freut sich im Sommer über den Regen, ein Hochzeitspaar, das im Park feiert, wiederum nicht unbedingt.

Alles ist so, wie es ist. Wir Menschen geben dem Ganzen eine Bedeutung, eine Kategorisierung, eine Bewertung. Wir machen das daraus, was es für uns dann wird.

Die Sachen an sich, die uns wiederfahren, sind emotionsfrei. Wir verknüpfen sie mit Gefühlen, indem wir sie bewerten und uns entscheiden, darüber traurig oder fröhlich zu sein.

Ich denke weiter eine Weile darüber nach.

Wie wäre es, wenn wir die Schicksale, Probleme, Herausforderungen einfach nur so sehen könnten, wie sie sind? Als unabwendbare, vielleicht sogar notwendige Lektionen des Lebens, durch die wir lernen und wachsen können. Dann könnten wir selber entscheiden, ob wir etwas traurig oder fröhlich finden wollen. Wir selber könnten unsere Gefühle steuern und wären somit nicht machtlos den Geschehnissen ausgeliefert.

Alles so sehen, wie es ist. Alles so annehmen, wie es ist.

Die Musik wurde lauter und holte mich zurück ins Geschehen. Ich vernahm Partylärm, Gemurmel, Gelächter. Die Party schien ihren Höhepunkt erreicht zu haben. Wieder einmal erlebte ich, wie nah Freud und Leid zusammenhängen.

Ich ging zurück, um meine Mutter von ihrer Babysitter-Schicht abzulösen.

Ich legte mich zu den Kids, lauschte ihrem regelmäßigen und ruhigen Atmen und schlief darüber ein.

Die Woche in der Türkei verging wie im Flug, die Zeit schien wie ein Wimpernschlag vorbeigegangen zu sein. So wie vieles im Leben, woran man viel Freude und Spaß hat.

Es war eine wunderbare Woche, die uns als Familie noch weiter zusammenschweißte. Allen tat die Entspannung nach diesen anstrengenden Wochen sichtlich gut.

Gestärkt kehrten wir zurück nach Deutschland und nahmen unser Leben wieder auf.

Ich begann mit meiner Home-Office-Zeit, die mir glücklicherweise tatsächlich vom Unternehmen eingeräumt worden war.

Ich fand noch ein freies Eckchen für meinen Schreibtisch und richtete meinen Arbeitsplatz im Wohnzimmer ein. Nun hatte ich Arbeitszimmer, Wohnzimmer und Schlafzimmer in einem. Wieder etwas Neues …

*Das Leben ist wirklich wie eine Pralinenschachtel. Man weiß nie, was als Nächstes kommt.*

Mit den veränderten Umständen, die mich seit nunmehr acht Wochen begleiteten, kam ich immer besser zurecht. Ich haderte nicht und nahm alles an, wie es war und konnte mich schnell in die neuen Herausforderungen einfinden. Ich akzeptierte mein Schicksal und versuchte, möglichst das Beste aus den Umständen, die sich mir boten, zu machen. Ich entschied mich bewusst, nicht in die Opferrolle zu verfallen und das, was mir passiert war, zu »verteufeln«. Ich akzeptierte es und ging nicht dagegen an.

Das Leben musste fließen und wenn ich mit Druck dagegen anging, würde sich nichts ändern – außer, dass ich meine Kraft für etwas verschwenden würde, was nicht veränderbar war. Das Leben bot genügend Gelegenheiten, um sich den Kopf zu zermartern, aber ich wollte mit meinem Verstand nicht künstlich alles verkomplizieren.

Das war ein guter Anfang, um die Situation langsam ins Positive zu drehen, wie ich fand.

## Herr der Gedanken

Ich begann damit, meine Gedanken – Mindset auf Neudeutsch – neu auszurichten.

Mein selbst ernanntes Mentaltraining wurde mein Projekt, meine persönliche Reise. Ich wollte mir meine Zukunft in Bewusstheit und Klarheit selbst erschaffen. Wenn etwas nicht so gut lief, wollte ich nicht den Umständen die Schuld dafür geben, sondern selbst dafür verantwortlich sein. Vielleicht war dies ja der Start in ein neues Leben?

Unser Alltag hat sich mittlerweile sehr gut eingespielt. Morgens gemeinsam frühstücken, Kinder in die Schule bringen, an den Arbeitsplatz setzen. Dank der modernen Technik konnte ich sehr gut in Kontakt bleiben mit meinen Kollegen. An Besprechungen nahm ich aus der Ferne teil. Ungewohnt, aber nicht unattraktiv. Da ich nicht gesehen wurde, konnte ich praktisch in Jogginghose meiner Arbeit nachgehen. Eine neue Qualität, die mich schmunzeln ließ.

Manchmal, wenn wir eine Videokonferenz machten, hatte ich obenrum ein Hemd an und untenrum trug ich eine Jogginghose.

In der Mittagspause schmiss ich die Waschmaschine an, ging um die Ecke zum Supermarkt oder faltete die Wäsche.

Ich lernte, meine Zeit sehr effektiv zu nutzen und unnötige Handgriffe oder Aktionen zu eliminieren.

*Ich hatte nicht mehr oder weniger Zeit als andere, ich nutzte sie nur effektiver. Ganz einfach, weil ich musste.*

Purer Pragmatismus. Mein Sportprogramm, das vorher aus fünfmal die Woche Fitnessstudio und Radfahren bestand, kürzte ich auf 25 Minuten hoch intensives Eigengewichtstraining ohne jegliche Pause. Not macht erfinderisch, wie man so schön sagt ...

Während der Hausaufgabenzeit machte ich den Haushalt. Durch die offene Küche und den Durchbruch im Wohnzimmer konnte ich jede Frage der Kinder von jedem Raum aus beantworten. Auch eine kleine Wohnung bietet so seine Vorteile.

Nach den Hausaufgaben ging es zu den Freunden der Kids oder zu den Sportvereinen. Wenn mal nichts anstand, malten wir Bilder, bastelten gemeinsam, dachten uns Geschichten aus oder redeten über die verstorbene Mama.

Die Fragen der Kinder über dieses Thema wiederholten sich kaum. Sicherlich waren es schon über hundert Fragen, die ich in den ersten drei Monaten zu den Themen Tod, Trauer, Engel, Himmel, Krankheit, Gott, Universum, nach bestem Wissen beantwortet hatte. Und es kamen täglich neue hinzu.

Der Sandmann war für uns die abendliche Kuschelveranstaltung. Wir machten es uns alle drei gemütlich. Auf dem Bett, in dem wenige Monate zuvor noch die Mama geschlafen hatte. Ist das zu makaber?, das fragte ich mich öfter. Meine Ex-Lebensgefährtin war verstorben und ich schlief nun in ihrem Bett und kuschelte dort mit den Kindern!

Ich ging damit natürlich um, so wie es die Kinder mir agtäglich vorlebten.

Da wir drei nun immer gemeinsam auf unseren Matratzen in Devins Zimmer schliefen, war die Kuschelzeit, die Zeit der Berührungen, der Nähe sehr ausgeprägt.

Kuscheln und Berühren finde ich bis heute, nicht nur in einer solchen Krisensituation, sehr wichtig. Die körperliche Nähe gibt viel Halt, Geborgenheit und Sicherheit – ein Gefühl der Zugehörigkeit entsteht.

So oft es ging drückte und beschmuste ich die Kids. Mit jeder Berührung wuchs unsere Verbundenheit. Ich war zwar der leibliche Vater, hatte aber bis vor diesem Schicksal nur die »dritte Geige« gespielt. Die Hürde des Vertrauens war für uns drei zu meiner Erleichterung nie ein Thema.

***Wir hatten immer eine gewisse Verbundenheit, die durch diese schweren Tage noch einmal verstärkt wurde.***

So ab 20.00 Uhr beginnt unser Nachtmodus: Zähne putzen, Schlafsachen anziehen, gemeinsam beten und schlafen.

Etliche Nächte musste ich dann abends noch Projekte weiter bearbeiten, die ich tagsüber nicht fertigbringen konnte. Besser als sich mit seinen Gedanken rumzuquälen! Um Mitternacht rum blieb auch für mich keine Kraft mehr zum Denken und ich schlief erschöpft ein.

Ich konnte zwar gut einschlafen und schlief auch gut durch, aber ich konnte nicht gerade behaupten, dass die Nächte sehr erholsam für mich waren.

Das, was passiert war, verfolgte mich bis in meine Träume.

Die Kindertherapeutin, die wir in Wuppertal über viele Ecken und Empfehlungen entdeckt hatten, war sehr gut und ich überglücklich, dass wir an diese Frau gekommen waren. Menschlich und fachlich einfach wundervoll. Sie brachte viele Jahre Erfahrung mit traumatisierten Kindern mit und konnte einfach fantastisch mit ihnen umgehen.

Sie war sehr behutsam, aber klar in ihrer Arbeit mit den Kindern.

*Ich merkte, wie Devin und Ceylin erst allmählich bewusst wurde, was passiert war.*

Das holte das traumatische Erlebnis zwar immer wieder hoch, war aber für den Verarbeitungsprozess unerlässlich.

Bei meiner Tochter hatte sich das Kratzen an den Arm- und den Kniebeugen verfestigt und bei meinem Sohn kamen Ängste hoch. Er fand nicht mehr in den Schlaf und quälte sich lange herum. Ich lag oft stundenlang bei ihm und hielt ihn nur im Arm. Diese Symptome begleiteten uns noch eine ganze Weile und machten mir als Vater natürlich zu schaffen.

Ich war zwar nicht hilflos, fühlte mich aber in diesen Momenten so. Die beste Hilfe wäre gewesen, wenn ich meinen Kindern den Schmerz hätte nehmen können. Das wäre für mich die adäquate Hilfe gewesen, die ich mir wünschte, leisten zu können.

Da dies nicht möglich war, konzentrierte ich mich darauf, ihnen das zu geben, wozu ich imstande war. Ich hörte meinen Kindern zu, ließ sie reden und fragen und war einfach immer für sie da.

Ich schenkte ihnen Zutrauen, machte ihnen Mut und gab ihnen meine väterliche Wärme.

Das war zwar ein kleiner Trost, aber mir war bewusst, dass

ich, ganz gleich wie viel ich gab, den Verlust ihrer Mutter niemals würde ausgleichen können. Dieses Gefühl begleitete mich jeden Tag und da es nun mal da war, ließ ich es auch zu.

Im November beschloss ich, mit den Kindern spontan übers Wochenende an die holländische Nordsee zu fahren. Ich merkte, dass die dunkle Jahreszeit nicht gerade dazu beitrug, die Laune der Kinder zu heben. Das Kratzen meiner Tochter wurde immer schlimmer. Mittlerweile musste ich ihr die Stellen bandagieren, weil sie sich blutig kratzte. Vornehmlich in der Nacht, wahrscheinlich gesteuert durch ihr Unterbewusstsein, verarbeitete sie ihr Schicksal.

So löste sich ihr innerer Druck, suchte sich ein Ventil.

*Unzählige Nächte lag ich wach neben den beiden und betete einfach. Betete, dass es ihnen gelänge, diese Last irgendwann abzulegen und wieder in ein normales Leben zurückzufinden.*

Meine Schwester Derya entschloss sich ebenfalls spontan, das Wochenende mit uns zu verbringen. Wir drei freuten uns sehr über ihre Begleitung.

Es war zwar schon schmuddeliges Herbstwetter, aber für ein paar Tage ausgelassenen Spaß reichte es. Der Campingplatz, auf dem wir uns eingebucht hatten, verfügte sogar über einen eigenen kleinen Angelsee. Da wir keinerlei Erfahrung mit diesem »Hobbysport« hatten, stellte sich auch unsere Erfolgsquote entsprechend dar. Außer einer Kinderangel, die wir hoffnungslos verknoteten, passierte nicht viel. An einen Fang war erst recht nicht zu denken.

Der Spaß kam dennoch nicht zu kurz: wir machten das Spaßbad kurzerhand zu unserem Spielplatz. Die unbeschwerten Stunden an der holländischen Nordsee gingen auch diesmal viel zu schnell vorbei. Aber es hatte uns auch wieder einmal sehr gut getan – die frische Luft, die Weite vor den Augen …

Diese Weite öffnete die Seelen. Meine Kinder beobachte ich dort häufig, wie sie gedankenversunken in die Weite schauten. Ihr Blick war voller Trauer, Wehmut und Sehnsucht. Jedes Mal, wenn ich diesen Blicke sah, zog es mich in ein Loch aus tiefer Leere und Traurigkeit.

## Winterzeit

Es war Dezember, der Winter war bereits in Deutschland eingezogen. Die Tage waren kurz, die Nächte dafür umso länger.

Wir gingen fast jedes Wochenende zu Marias Grab und hinterließen dort unzählige Bilder, Armbänder und Kerzen. Da es bereits so früh dunkel war, sah man überall auf den Gräbern Kerzen leuchten. Eine mystische Stimmung breitete sich dann immer über dem gesamten Friedhof aus. Die Kleinen bekamen davon nicht allzu viel mit.

Kinder trauern ganz anders, als wir Erwachsene es uns vorstellen. Sie standen nicht vor dem Grab der Mutter und waren auf Knopfdruck traurig oder andächtig.

Sie tollten herum, verteilten ihre Geschenke auf dem Grab, sagten noch ein paar Worte oder auch nicht und verschwanden dann zum Brunnen, der in der Nähe stand und der für Kinder viel interessanter war. Ich ließ die Kinder ihre Trauer so ausleben, wie es ihnen ihre Natur vorgab. Ich dachte, so konnte ich nicht viel falsch machen. Falsch machen konnte ich hingegen viel, wenn ich versucht hätte, alles in Regeln und Anweisungen zu verpacken.

Ihr natürlicher Schutz - und Überlebensinstinkt sagte den Kindern, wann Zeit zum Trauern war und wann es genug war und anderes wichtiger.

Ich musste auch erst lernen, dass Kinder, die ein Trauma erlebt haben, ganz eigene Schutzmechanismen entwickeln.

Kinder lassen das Leid und ihre Trauer zu der Zeit und in der Länge an sich ran, wie es für sie gut ist. Sie schalten auf Knopfdruck quasi um, vom Trauer- in den Spielmodus. Ein ganz normaler Schutzmechanismus. Während sie sich in einer dieser beiden Phasen befinden, ist das andere Gefühl fast komplett weg. Was für eine tolle Gabe Kinder uns doch vorleben!

Bei meinen Kindern war unser Schicksal auch nicht die ganze Zeit und ununterbrochen präsent. Ganz im Gegensatz zu mir. Dieses Ereignis lastete immerzu auf meiner Seele und meinem Herzen, und bedrückte mich.

Der Dezember war ein herausfordernder Monat für uns. Am 23. hätte Maria ihren Geburtstag gefeiert … Es war außerdem das erste Weihnachten und Sylvester ohne die Mutter. Nur wir drei. Alleine. Ich war zuversichtlich, dass wir auch dies meistern würden. Mit oder ohne Tränen.

*Meine positive Einstellung zu allem wurde zum Anker in dieser schweren Zeit. Es war meine Entscheidung: ich ließ einfach nichts anderes zu.*

Ich fing wieder verstärkt an zu lesen, nachdem auch für mich so etwas wie Routine in mein Leben eingetreten war.

Keine Romane, sondern Sachbücher über Persönlichkeitsentwicklung. Bücher von Menschen, die »seltsame« Erfahrungen gemacht hatten, und mystische Bücher fanden in dieser Zeit den Weg zu mir. Warum auch immer, es sollte wohl so sein.

Passte ja auch zur dunklen Jahreszeit.

Ich stand nachts oft im Bad am geöffneten Fenster und rauchte. Bei weit geöffnetem Fenster betrachtete ich die Straßenlaternen und beobachtete die sporadisch vorbeifahrenden Autos.

Ich fragte mich, was die Menschen in den Autos wohl dachten, was für Probleme sie mit sich ausmachen mussten, was sie bedrückte.

Diese Momente am Badezimmerfenster waren magisch. Es waren Momente der Ruhe und Einkehr.

*Ich l(i)ebte die Stille. Es war Winter und mein Atem hinterließ Spuren in der Dunkelheit der kalten Winternächte.*

Zwei Bücher, die ich in dieser Zeit las, ließen mich nicht mehr los. *As a Man Thinketh* von James Allen, in dem es um die Kraft und die Macht der Gedanken geht und dass alles, wirklich alles, was wir in unserem Leben vorfinden, durch uns, durch unsere Gedanken selbst ins Leben geholt wird.

Und *Himmlische Führung* von Doreen Virtue, in dem es darum geht, das man aktiv um Führung bitten kann und sie dann auch erhält.

Bis zu diesem Zeitpunkt hatte ich eher Bücher aus dem Bereich Persönlichkeitsentwicklung und welche über Veränderungsprozesse in Menschen gelesen. Ich war offener geworden diesen neuen Themen von Doreen Virtue gegenüber – wahrscheinlich ausgelöst durch mein Schicksal.

Es war interessant, sich ihren Büchern vorurteilsfrei anzunähern. Ich las und verstand die Worte, die dort geschrieben standen; aber da war noch mehr. Ich fühlte etwas. Ich merkte, dass in mir irgendetwas geschah, seitdem ich diese Bücher las. Etwas, was ich noch nicht verstehen und beschreiben konnte.

Eine neue Reise begann für mich.

Ich entschied mich, das Wissen aus den Büchern anzuwenden. Ich probierte es einfach aus. Schaden konnte es ja nicht, dachte ich mir. Ich hatte bereits gelernt, dass man nur dazugewinnen kann, wenn man seine Vorurteile und Bewertungen zur Seite stellt.

Von nun an nahm ich meine Gefühlswelt stärker wahr als jemals zuvor. Ich achtete bewusst darauf und nahm Rücksicht auf meine Intuition und versuchte, sie in mein Leben zu integrieren. Ich bat um Führung und Hilfe.

Es war keine religiöse Führung, um die ich bat. Ich bat um die universelle Führung.

Ob man sie Gott, Buddha, Allah oder die Engel nennt, das bleibt jedem selbst überlassen. In einer vom Verstand geprägten Welt, muss alles einen Namen haben, logisch erklärbar und verständlich sein. Meiner Meinung nach tragen wir alle das Wissen oder eine Ahnung in uns, dass es mehr gibt, als unser Verstand begreifen kann.

Ich formulierte meine Wünsche sehr klar: ich wünschte mir eine Familie. Immer noch und wieder. Eine ganz normale Familie, wie man es kennt. Mann, Frau, Kinder. Einen netten und liebevollen Umgang miteinander. Ja, das waren meine Wünsche. Und eine Frau, die mich liebt. Die mich einfach liebt, so wie ich bin. Mich als Mensch. Nicht weil ich etwas darstelle oder besitze.

Jeden Tag arbeitete ich aktiv mit meinen Wünschen. Ich stellte sie mir nicht nur vor, ich versuchte, mich hineinzufühlen und es zu erleben. Wie würde es sein, in meinem »neuen Leben«? Wie würde ich mich anfühlen, mich geben, wer würde ich sein? Ich glaubte fest daran, dass meine obigen Wünsche eines Tages in Erfüllung gehen würden.

Sollte ich mich auf irgendeiner Partnerseite im Internet anmelden? Mein Bauchgefühl sagte eindeutig »Ja«. Nur mein Kopf zögerte noch:

*Ich, in einer Partnerbörse – im Internet?*

Menschen lernt man doch besser in der echten Welt kennen und nicht im Internet, oder? Und den Menschen fürs Leben erst recht. Den trifft man doch ganz sicher nicht im Netz. Das war meine Meinung. Ich hatte auch keinerlei Erfahrungen mit so etwas, da ich noch nie diese Möglichkeiten genutzt oder gebraucht hatte.

In meiner aktuellen Situation als alleinerziehender Vater war es gar nicht mal so unlogisch. Ich kannte in Essen niemanden, hatte kein soziales Umfeld und keinen Babysitter. Also auch keine Zeit, um rauszugehen und »im echten Leben« jemanden kennenzulernen.

*Aber wer um Himmels willen würde sich jemanden wie mich anlachen wollen? Einen Mann im Alter von 36 Jahren, mit zwei kleinen Kindern, alleinerziehend und mit diesem traumatischen Schicksal im Nacken?*

Wer würde sich das denn bitte freiwillig antun? Meine Chancen schätzte ich bei nahezu Null ein. Die meisten Menschen waren doch mit sich selbst schon beschäftigt genug, da würde sich doch keiner aus freien Stücken so einen, vorsichtig ausgedrückt, »Spezialfall« wie mich ins Haus holen wollen.

Ich dachte drei Tage über die Sache nach und gab mir schließlich einen Ruck. Wenn man es nicht versucht, lernt man auch nichts, motivierte ich mich selbst.

Ich durchforstete das Internet nach Partnerbörsen. Kopfschüttelnd registrierte ich die Versprechungen des ein oder anderen Anbieters. Als ob die Mitglieder alle aus der ersten Liga wären, mit Top-Jobs, sportlich, vom Aussehen her wie Fotomodelle, zig Sprachen fließend sprechend, belesen und noch vieles weitere.

Warum waren all diese tollen Menschen denn noch auf der Suche?, fragte ich mich. Nach mehreren Stunden fand ich schließlich eine Partnerbörse, die zumindest auf den ersten Blick einen interessanten Eindruck machte.

Es war nämlich eine spezialisierte Seite, die sich hauptsächlich an Menschen wendete, die getrennt lebend und/oder alleinerziehend waren. Gar nicht mal so schlecht, die Idee dahinter. So war schon einmal die erste Hürde per se genommen. Alle haben den gleichen Background.

Ich beschloss, mich anzumelden. Ohne Erwartungen erstellte ich mein Profil und stöberte die anderen Profile durch.

Bei Interesse konnte man virtuelle Schmetterlinge verschicken. Wie passend!

### Schmetterlinge im Internet, Schmetterlinge im Bauch?

Es folgten einige Tage lockerer schriftlicher Kontakte mit der üblichen Kennenlern-Fragerei: Was machst du beruflich, welche Hobbys hast du, was sind deine Zukunftspläne?

Nichts Ernstes. Ich behielt meine Story erst mal für mich.

Nach drei Wochen täglicher Kontakte, die alle ins Leere

liefen, verlor ich langsam die Hoffnung. Ich schaute nur noch sporadisch in meinen Account. Ob ich tatsächlich auf diesem Weg jemand Nettes kennenlernen könnte, mit dem ich mich ein wenig näher anfreunden könnte?

Parallel pflegte ich weiter meine Wünsche und richtete meine Gedanken auf die Zukunft aus, die ich erschaffen wollte.

***Dann entdeckte ich eines Tages einen interessanten Account. Diese Ausstrahlung! Wie konnte ein Mensch so eine positive Ausstrahlung nur auf einem Foto rüberbringen?***

Ich war sehr aufgeregt und schrieb sie sofort an. *Lucia*, was für ein toller Name. Sie hatte ebenfalls zwei Kinder, war alleinerziehend und arbeitete im Hotel.

Und sie wohnte in Düsseldorf, gleich um die Ecke quasi.

Wie verrückt, mein Herz schlug schneller. Nur aufgrund eines Fotos? Wie bescheuert ist das denn?, ermahnte ich mich selbst. Natürlich fiel mir in dem Moment auch nichts Geistreiches ein, was ich ihr schreiben könnte. War ja klar. Wenn es darauf ankam, dann …

Also schrieb ich ihr einfach die Wahrheit. Nämlich, dass sie eine tolle Ausstrahlung hätte und fragte sie, ob sie nicht Lust hätte, mit mir zu schreiben.

Ich schaute gefühlt stündlich auf meinen Account, ob schon eine Nachricht reingekommen war.

zwei Tage quälendes Warten. Dann war sie da, ihre Antwort. Sie hatte Interesse!

Ich freute mich unfassbar über ihre Zeilen. So sehr, dass ich fast vergaß, auf die Uhr zu schauen. Ups, ich musste die Kinder von der Schule abholen. Ich flitzte sofort los und schaffte es gerade noch rechtzeitig.

Was passierte mit mir? Drehte ich jetzt komplett durch, weil ich jemanden kennenlernte? War ich emotional schon so weit unten, dass mich ein paar nette Zeilen in den Himmel hoben?

Ich wunderte mich selber über mein Verhalten.

Zwiespältige Gefühle kamen in mir hoch: durfte ich jetzt schon jemanden kennenlernen? Mich so freuen? Durfte ich schon wieder Spaß haben in meinem Leben?

Ich entschied, dass es gut war so. Dass ich es annehmen durfte und das Leben mich auf den richtigen Weg führte. Vertrauen fühlte sich gut an.

Es begann eine schöne Zeit für mich. Ich war gut gelaunt und ausgelassen und übertrug das natürlich auch auf meine Kinder. Es tat uns allen gut.

Lucia und ich schrieben uns täglich. Auf diesem Weg lernten wir uns allmählich kennen. Nach einigen Tagen wollte ich es nicht mehr zurückhalten. Ich schrieb ihr, in was für einer Lebenssituation ich mich befand und was wir durchgemacht hatten und auch noch täglich durchmachten. Sie reagierte wirklich betroffen und wir tauschten weitere Gefühle aus. Ich hatte damit gerechnet, dass es das war. War es aber nicht. Wir gingen zur nächsten Stufe über und tauschten unsere Nummern aus. Nun ging das Kennenlernen in die nächste Phase. Wir schrieben uns wie frisch Verliebte unzählige Nachrichten über WhatsApp™. Morgens vorm Aufstehen, bis abends kurz vor dem Einschlafen.

Dann kamen Sprachnachrichten an die Reihe. Vom geschriebenen Wort zum gesprochenen Wort. Ob sie wohl meine Stimme leiden konnte?, ging es mir durch den Kopf. Konnte sie anscheinend, denn »wir unterhielten« uns weiter. Es war wirklich schön. Wir bauten langsam Vertrauen zueinander auf.

Wir beschlossen, uns so schnell es ging im echten Leben zu

treffen. Das fanden wir beide sinnvoll. Denn was brachte es, wenn wir uns virtuell bestens miteinander verstanden, uns aber beim persönlichen Kennenlernen buchstäblich nicht riechen konnten?

Wir fanden ein Datum, was für uns beide nicht so einfach war. Sie musste einen Babysitter organisieren, ich musste einen Babysitter organisieren. Ein geeigneter Treffpunkt musste her.

Da Lucia in einer großen Hotelkette arbeitete, schlug sie vor, dass wir uns im Hotel treffen könnten. Wenn einer dem anderen unsympathisch sein sollte, gab es die Möglichkeit, den Restabend – wenn schon einmal ein freier Abend drin war! – anderweitig für sich zu verbringen. Sozusagen eine Win-win-Situation für alleinerziehende Berufstätige, die kaum freie Zeit fanden.

Nun hieß es, eine Woche warten und Daumen drücken, dass die Kids fit blieben. Dieselbe Sorge teilte auch Lucia. Es war zwar kein Problem, ein krankes Kind zu haben, aber für das erste Date gab es sicherlich bessere Optionen, statt ständig aufs Handy zu schauen, ob die Babysitterin sich schon gemeldet hatte.

Während dieser Woche, die wir nun bis zum Wochenende warten mussten, lernten wir uns weiter besser kennen. Lucia hatte eine unglückliche Ehe hinter sich und relativ schnell den Absprung geschafft. Sehr klar und mutig in ihrer Situation, mit zwei kleinen Kindern, solch eine Entscheidung zu treffen.

So lernte ich sie kennen: mutig und offen neuem gegenüber. Und eine unglaublich positive Einstellung und Ausstrahlung. Sie hatte beruflich schon einige Jahre Erfahrung in London und Madrid sammeln können und sich in sechzehn Jahren richtig toll hochgearbeitet und sogar ihre eigenen Teams geleitet.

Je besser wir uns kennenlernten, desto beeindruckter war ich.

Konnte das sein, so eine tolle, natürliche, positive Frau genau jetzt in meinem Leben zu treffen?

Dass ich so oft in den letzten Monaten aufgezeigt bekam, wie nah Glück und Leid wirklich miteinander verknüpft waren? Was sollte ich daraus lernen? Was war meine Erkenntnis daraus? Ich wollte es noch herausfinden!

Oder hatte es etwas mit meiner neu gewonnenen Einstellung zum Leben zu tun? Zeigte es Wirkung, dass ich meine Gedanken positiv ausrichtete, keine Zweifel an einer positiven Zukunft hatte und dass ich wirklich tief und fest daran glaubte?

Ich erinnerte mich an einen Satz aus einem Buch, der ungefähr sinngemäß so lautete:

***Es ist nicht schwerer, einen positiven Gedanken zu haben als einen negativen.***

Das ergab immer mehr Sinn für mich. Die Einstellung war entscheidend.

Wie will ich die Dinge des Lebens sehen? Wenn ich negativ geprägt bin, wird tendenziell alles, was mir widerfährt, negativ von mir beurteilt werden. Genauso, wenn ich positiv geprägt bin. Dann wird alles positiv beurteilt werden. Das Glas ist entweder halb voll oder halb leer. Je nachdem, wie ich es sehen will. Unser Blickwinkel entscheidet.

Alles wird sich so entwickeln, wie ich es erwarte, *dass* es sich entwickelt. Sich selbst erfüllende Prophezeiung genannt …

Diese ganzen Sprüche hatte ich, wie viele andere wahrscheinlich auch, schon oft gehört oder gelesen in meinem Leben. Ich begegnete ihnen in Kalendern, in Motivationsbüchlein oder in Zeitschriften. Erst jetzt begannen sie, einen Sinn für mich zu ergeben. Jetzt konnte ich die Wahrheiten, die dahinter steckten, förmlich fühlen. Viele Puzzleteilchen setzten sich nun zusammen.

*Aber die Zweifel nagten doch noch leise an mir: vielleicht waren die letzten Monate einfach zu viel für mich und ich drehte langsam durch?*

Die Woche bis zu unserem ersten Date verging wie im Flug und voller aufregender Gefühle. Jeder Tag war erfüllt mit vielen, vielen Nachrichten, die Lucia und ich uns zukommen ließen. Die positive Grundstimmung, die ich versuchte, schon allein der Kinder wegen aufrechtzuerhalten, wurde jetzt von innen gespeist. Ich musste es nicht mehr spielen, es kam nun natürlich aus mir heraus. Ich dachte tatsächlich wieder mehr positiv als negativ. Das fühlte sich gut an und das merkten natürlich auch die Kinder. Unbewusst profitierten sie von meiner Veränderung, ich würde es aber eher Entwicklung nennen.

Wie schnell sich doch wieder alles ändert. Vor zwei Wochen dachte ich noch, dass ich nun mit meinen Kindern die nächsten Jahre, bis sie alt genug waren, alleine leben würde. Das war nicht nur eine Vorstellung, das war sogar mein Wunsch.

Und nun weichte dieser Wunsch langsam auf. Durch Lucia? Ich kannte sie doch noch gar nicht. Wir hatten uns noch nicht einmal gesehen. Aber da war irgendetwas, etwas Tiefes, Unerklärbares, das uns verband.

Ich drehte durch, daran bestand kein Zweifel mehr, grinste ich in mich hinein. Wenn es sich so gut anfühlte, verrückt zu sein, nehme ich es gerne in Kauf, sagte ich mir.

Endlich. Es war Freitag. Meine Mutter kam aus Wuppertal zu uns. Das bedeutete nicht nur leckeres Essen, sondern auch Halt. Sie gab mir und den Kindern Halt. Ganz gleich, was ich als Vater imstande war zu leisten: eine Mutter oder die weibliche Energie konnte ich nicht ersetzen. Ich konnte nicht das weibliche Einfühlungsvermögen und die Güte ersetzen. Es war schön zu sehen, dass die Oma und ihre Enkel ein so gutes Verhältnis zueinander hatten. Es beruhigte mich und gab mir das Vertrauen, das ich benötigte, um nach vorne schauen zu können.

Lucia und ich waren für Samstagabend in Düsseldorf im Hotel verabredet.

Ich erzählte meiner Mutter nur die halbe Wahrheit. Ich sagte ihr, dass ich jemanden treffen und hinterher bei einem Kumpel übernachten würde. Mütter wissen instinktiv schon die ganze Wahrheit, deswegen war diese Notflunkerei erlaubt.

Zwar war es kein richtiges Blind Date, wir wussten aufgrund der Fotos in unseren Profilen schon, wie der andere ausschaut, dennoch war es spannend und aufregend. Wie gibt sich Lucia? Wie redet sie? Wie bewegt sie sich? Sind wir beider auf der berühmten selben Wellenlänge?

Viele unbekannte Variablen, die sich gut anfühlten. In 24 Stunden war ich schlauer …

Der Freitagabend mit meiner Mutter und den Kindern war sehr angenehm. Wir spazierten nach dem Abendessen noch durch die Nacht und schauten uns gemeinsam einen Kinderfilm an.

Nachdem die Kleinen im Bett waren, unterhielt ich mich noch mit meiner Mutter, bis ich dann, wie häufiger in letzter Zeit, todmüde einfach wegnickte.

Es war Samstag. Die Kinder brachte ich noch zu ihren Freunden und verabschiedete mich von ihnen mit den Worten: »Die

Oma holt euch nachher ab, ich werde heute bei einem Freund schlafen.« Solange ich mir nicht klar war, wollte ich den Kindern nichts über eine andere Frau in meinem Leben erzählen.

Ich erledigte noch mit meiner Mutter den Wocheneinkauf, dann packte ich langsam meine Tasche und machte mich fertig. Es war merkwürdig – diese Gefühle, die ich beim Zurechtmachen hatte, lagen schon einige Jahre zurück. Ich konnte mich gar nicht so richtig daran erinnern, wann ich sie das letzte Mal gefühlt hatte.

Es war eine schöne, kribbelnde Ungewissheit, die immer weiter in mir wuchs. Die Haare saßen, das Hemd sah gut aus. Ich war zufrieden und machte mich auf den Weg.

»Danke, dass du da bist, Mama!«, verabschiedete ich mich. »Ich werde morgen gegen Mittag wieder da sein.«

»Viel Spaß!«, hörte ich sie noch rufen, als ich losfuhr.

Es waren ungefähr 30 Minuten Fahrtzeit von Essen bis nach Düsseldorf. Genug Zeit, um sich mental auf das Date vorzubereiten. Gefühlt war es mehr als ein Jahrzehnt her, dass ich eine Frau kennengelernt hatte. Wir schrieben uns noch, in den letzten Minuten, obwohl wir uns gleich sahen.

Ich stand in der Hotellobby und wartete. In den letzten Minuten bevor Lucia auftauchte glaubte ich, mein Herz würde in der Brust zerspringen. So wild hatte es lange nicht mehr aus positivem Anlass geschlagen.

Und dann war es so weit. Lucia verließ den Aufzug und kam auf mich zu. Wow!

Dieser Moment war wunderbar und einzigartig und ich habe ihn nie vergessen. Wir begrüßten uns mit einer Umarmung. Ich strich ihr durchs Gesicht und sagte ihr, wie wunderschön sie war. Es war sofort eine vertraute Wärme zwischen uns da. Wir standen eine gefühlte Ewigkeit in der großen Lobbyhalle und schauten uns an. Ihre drei Kollegen an der Rezeption grinsten als Trio zu uns rüber.

Nachdem der Verstand wieder funktionierte, verteilten wir unsere Taschen auf unsere Zimmer und trafen uns wieder in der Lobby.

Wir beschlossen, spazieren zu gehen und uns in das erstbeste Restaurant reinzusetzen, das uns zusagte.

Spontan war sie schon mal. Sehr gut. Ich mag Spontaneität sehr. Gerade oder weil wir sie in unserer heutigen Gesellschaft kaum noch ausleben können.

Wir fanden eine sehr gemütliche, gut besuchte Bar mit angenehmer Stimmung und bestellten uns leckeren Wein. Obwohl ich den ganzen Tag nichts gegessen hatte, bekam ich kaum etwas von dem Snack runter, den wir bestellt hatten.

Meine Nervosität war viel größer als mein Hunger. Ich bestellte dennoch etwas, damit ich nicht nach dem ersten Glas Wein neben mir stand. Lucia ging es anscheinend genauso wie mir, auch sie hatte sichtlich Mühe mit ihrem Teller Nudeln.

Die Stunden verflogen. Wir zahlten und machten uns zu Fuß auf zurück ins Hotel. Wir beschlossen, es uns dort noch an der Hotelbar gemütlich zu machen.

Die frische Luft tat gut. Wir liefen Hand in Hand ins Hotel und machten es uns dort in einer Ecke der Hotelbar bequem. Die Zeit der seichten Unterhaltung war vorbei. Wir legten unsere Geschichten voreinander dar.

*Unser Vertrauen zueinander war groß – oder waren es bloß die leckeren Cocktails, die uns beschwingt hatten? Die Wahrheit lag wie immer in der Mitte.*

Lucia erzählte mir von ihrer Vergangenheit und erklärte mir, warum ihre Lebenssituation aktuell so war, wie sie war. Warum sie jetzt alleinerziehend und voll berufstätig war und jonglieren musste zwischen Job, Kita und Herd.

Das konnte doch nicht sein, dachte ich mir. Ein so netter und herzlicher Mensch, musste so sehr kämpfen um zurecht zu kommen.

*Das Schicksal prüft diejenigen, die die größte Kraft ausstrahlen.*

Lucia hatte sich eine tolle Karriere in der Hotelkette aufgebaut. Alle Stationen seit der Ausbildung durchgemacht. Von der Rezeptionistin über Zimmermädchen bis hin zur Reservierungsleiterin und Teamleiterin. Inklusive der bereits erwähnten Auslandstätigkeiten in London und Madrid. Respekt!

*Das Leben hatte uns auf wundersame Weise zusammengeführt.*

Nun erzählte ich ihr meine Erlebnisse, meine Geschichte. Das blieb nicht folgenlos. Sie weinte. Ich weinte. Vielleicht war es doch nicht so klug, gleich beim ersten Date so offen zu sein?

Aber das Herz hatte es vorgegeben und das ließ sich nicht einfach unterdrücken.

Wir redeten noch eine ganze Weile über dieses Thema, dann schwenkten wir um auf lustigere Themen.

Wer so in Redelaune ist, vergisst das Drumherum völlig. So wie die Cocktails, die voll kamen und leer gingen. Wie viel wir getrunken hatten, merkte ich aber beim Gang auf die Toilette.

Wir beschlossen, es für den heutigen Tag gut sein zu lassen, und tranken noch einen Absacker. Es war mittlerweile 2.00 Uhr nachts. Der arme Barkeeper war nur noch wegen uns dageblieben.

Wir zahlten und gingen gemeinsam hoch. Bevor wir uns auf unsere Zimmer verabschiedeten, küssten wir uns. Es fühlte sich an, als ob wir uns schon ewig kennen würden.

Ich war zu benebelt, um den Abend reflektieren zu können.

In sechs Stunden würde für uns beide der Wecker wieder klingeln, es war höchste Zeit zum Schlafen.

Ich schlief seit Langem wieder mit einem guten Gefühl der Zufriedenheit ein.

Der nächste Morgen kam. Wir waren zum Frühstück verabredet.

Würde es zwischen uns so sein wie gestern Abend? Oder war alles nur ein Traum?, fragte ich mich.

Als sie den Frühstücksraum betrat, war sie so wunderschön wie am Abend zuvor. Das Gefühl war dasselbe. Unsere Blicke, unsere Vertrautheit, alles war sofort wieder da … Das tiefe Gefühl der Verbundenheit hielt an.

Wir verabschiedeten uns und jeder fuhr seines Weges. Ich war sehr gespannt darauf, was da noch passieren würde zwischen uns.

Ich hatte mich verliebt. Das fühlte sich sehr gut an. Wir verstanden uns, waren auf derselben Wellenlänge und beide Gefühlsmenschen. Was das anging, schien es schon einmal zu passen. Aber es war natürlich noch nichts Ernsteres zwischen uns – wie auch, nach dem ersten Date und Kuss?

Auf dem Nachhausewege ließ ich den Abend Revue passieren. Ich musste die ganze Fahrt bis nach Essen grinsen. Den Kindern und meiner Mutter erzählte ich erst mal nichts von meinem neu gewonnenen Glück. Ich wollte mir einigermaßen sicher sein, dass es etwas Ernstes war, bevor ich diese Neuigkeit in der Familie streute.

*Die kurzen Tage und die Dunkelheit drückten auf die Stimmung der Kinder.*

Immer öfter sah ich meinen Sohn ins Leere starren. Er war ganz tief versunken in sich, versuchte zu ergründen, was geschehen war. Versuchte zu verstehen, was er jetzt noch nicht verstehen konnte. Versuchte zu verkraften, was nicht verkraftbar war. Zumindest *noch* nicht. Die Trauer und der Schock waren noch zu groß. Es waren gerade einmal vier Monate seit dem Tod ihrer Mutter vergangen. Eine zu kurze Zeit für dieses große Schicksal. Jetzt konnte man nur seiner Trauer nachgeben und seiner Wut sowie seiner Ohnmacht Raum geben. Diese Gefühle mussten gelebt werden, damit sie irgendwann in ferner Zukunft zu einem Hauch der Erinnerung schrumpften. Das wünschte ich meinen Kids.

*Die nächste Herausforderung rollte auf uns zu: Marias Geburtstag, am 23. Dezember – der erste nach ihrem Tod vor vier Monaten …*

Obwohl die Kinder in dem Alter, mein Sohn war neun und meine Tochter sechs, noch keine Daten von Geburtstagen kannten, spürten sie, dass etwas anstand. Es lag einfach in der Luft. Und mit jedem Tag, den wir dem Geburtstag näher kamen, ging es auch mir schlechter. Es lastete auf mir.

Ich beschloss, den Kindern erst zwei Tage vorher Bescheid zu geben, was wir am 23.12 feiern würden. Ja, wir würden es feiern! Wir würden offen und natürlich damit umgehen, so wie wir bisher mit dem Tod auch umgegangen waren.

Oma Petra besuchte uns jetzt öfter, um bei uns zu sein. Der schlimmste Schmerz in ihr schien ein wenig gedämpft zu sein, obwohl sie echt nicht gut aussah. Sie spielte zwar viel mit den

Kindern, aber man merkte, dass sie noch nicht bei sich war. Sie ist eingeschlossen in ihrer Gedankenwelt.

Ich unternahm ab und zu den Versuch, mit ihr über ihre Gefühle zu sprechen, aber sie redete nicht viel darüber. Das konnte ich sehr gut nachfühlen. Wirklich? Nein, eigentlich konnte ich das nicht! Ich konnte vielleicht mit ihr mitfühlen, aber ganz sicher nicht den Schmerz nachfühlen, den eine Mutter empfindet, wenn ihr eigenes Kind verstorben ist. Ich wollte mir nicht einmal ausmalen, wie das sein musste. Welche Trauer sie in sich tragen musste, konnte ich nur erahnen.

Die Woche über textete ich viel mit Lucia. Ich fühlte mich wieder wie achtzehn. Damals hatte ich meine Gedanken auch nirgendwo anders und dachte nur noch an mein Mädchen. So ähnlich ging es mir jetzt wieder – ich dachte pausenlos an Lucia.

Die Woche über hielten wir so unseren Kontakt; an den Wochenenden versuchten wir alles, uns sehen zu können. Was nicht immer so einfach war, wenn beide einen Babysitter brauchen.

Mein Vater, meine Mutter und meine Schwester waren in der Regel jedes Wochenende bei uns. Das gab mir die Möglichkeit, zu Lucia zu fahren. Dann brauchte sie keinen Babysitter zu organisieren, was manchmal auch gar nicht so einfach war in einer Großstadt wie Düsseldorf.

Ich besuchte sie in den nächsten Wochen häufiger in ihrer Wohnung. Wenn ich da war, schliefen ihre Kleinen schon und wir hatten so die Abende für uns.

Es war unglaublich, was diese Frau für eine Kraft hatte. Jedes Mal, wenn ich bei ihr zu Besuch war, sah sie unglaublich schön aus. Ich wurde immer mit einem wundervollen, tollen Essen erwartet.

Da ich selber nun auch alleinerziehend bin, weiß ich, was für eine Aufgabe das ist, abends so frisch und erholt auszusehen und noch zusätzlich richtig leckere Menüs vorzubereiten.

Die Abende bei ihr in Düsseldorf waren wunderschön. Wir redeten viel über unsere Gefühle und auch über unsere Gefühle zueinander. Sie hatte ähnlich starke Empfindungen für mich wie ich für sie. Wenn wir zusammen waren, fühlten wir uns glücklich und erfüllt.

Morgens krabbelten ihre beiden kleinen Süßen über das Bett. So lernte ich ihre Kinder kennen. Es lief ganz natürlich ab. Wie sollte man sich auch kleinen Kindern vorstellen? Die beiden sind zwei und drei Jahre alt. Da trifft man sich nicht zum offiziellen Kennenlernen. Das geht viel besser krabbelnd im Bett.

Wir beschlossen, dass es nun an der Zeit war, uns alle gemeinsam zu treffen und zu schauen, wie unsere vier Kinder miteinander klarkamen. Wir waren uns im Klaren darüber, dass dies ein ausschlaggebender Punkt sein konnte. Wenn die Kinder sich absolut nicht leiden könnten, würde es für die Zukunft schwierig werden; auch wenn wir noch keine klare Vorstellung davon hatten, wie unsere gemeinsame Zukunft überhaupt aussehen sollte.

Am Wochenende darauf war es so weit. Wir verabredeten uns dazu, dass sie dann mit ihren Kindern zu uns käme.

In der Woche bereitete ich meine Kinder Schritt für Schritt darauf vor. Ich erzählte ihnen, dass ich eine ganz tolle und nette Frau kennengelernt hätte, mit zwei kleinen, süßen Kindern, die uns besuchen kommen wollten.

Kinder sind da relativ entspannt. Sie nehmen Situationen einfach an. Sie sind noch nicht so verstandgesteuert wie wir Erwachsenen, die alles sofort hinterfragen und analysieren müssen. Im Endeffekt kommt es so, wie es kommt, ob ich mir jetzt vorher viele Sorgen mache, oder nicht. Auch da können wir wieder viel von unseren Kleinen lernen …

Ich informierte in der Zwischenzeit auch meine Eltern, dass es nun wieder jemanden in meinem Leben gab. Wir plauderten lose darüber. Was sollte man da auch groß besprechen? Wir hatten uns kennengelernt, das war alles. Es wäre müßig gewesen, irgendwelche Zukunftsprognosen zu erstellen. Zeitverschwendung in meinen Augen und auch nicht meine Art, zu leben.

Ich versuche, so gut es mir gelang, in der Gegenwart zu leben. Das ist das Einzige, was wir aktiv leben können. Alles andere ist entweder Zukunft oder Vergangenheit. Nichts, was uns unbedingt glücklicher macht oder weiterbringt. Ich lebe lieber in der Zeit, auf die ich einen Einfluss habe. Einfach im Jetzt.

***Es war Samstag, der große Tag. Lucia klingelte.***

Meine beiden, so wie auch ich, waren ganz schön aufgeregt. Wir hatten zuvor die Wohnung picobello aufgeräumt und Kaffee und Kuchen vorbereitet. Alles ready, alles gut.

Die Kinder stürmten die Wohnung und erforschten gemeinsam, unter Beobachtung der Älteren, die Umgebung. Ein sehr spezieller Moment. Das spürten sowohl Lucia und als auch ich.

Es war unser erstes offizielles Kennenlernen. Zwei Leben trafen aufeinander. Zwei Schicksäle, zwei Lebenswege.

Alles, was sich Lucia und auch ich für unsere Leben gewünscht hatten, war eine normale Familie. Wir beide sollten ein glückliches und gesundes Familienleben haben und die Kinder beim Aufwachsen begleiten.

Der erste Versuch hatte bei uns beiden nicht funktioniert. Das Leben hatte etwas anderes für uns vorgesehen. Wir verbrachten den ganzen Tag miteinander. Wir aßen, spielten und redeten.

So, auf den ersten Eindruck schienen die Kinder sich schon mal nicht zu hassen. Ein gutes Zeichen. Die Querverbindungen sollten natürlich auch passen. Ihre Kinder sollten mich nicht allzu doof finden und umgekehrt genauso. Es wäre außerdem toll, wenn meine Kinder Lucia nett fänden. Das würde mir wirklich einiges Kopfzerbrechen ersparen. Weil ich spürte, dass da noch mehr als Verliebtheit in mir war. Ich empfand mehr für sie.

Das erste Treffen lief gut und wir waren erleichtert. Wir wollten keine Prognosen abgeben, aber fürs Erste sah es ganz entspannt aus. Darauf konnten wir aufbauen. Den Rest würde die Zeit uns zeigen.

Wenn man bedachte, wie viele Variablen in unserer Konstellation passen mussten, schien das Leben es gut zu meinen mit uns.


Es war merkwürdig, aber meine täglichen Visualisierungsübungen schienen irgendetwas in mir zu bewegen. Ich wusste noch nicht genau zu deuten, was es war, aber es passiert etwas.

Die Ereignisse fügten sich, so wie ich es mir vor meinem inneren Auge ausmalte. Ich schien immer mehr in meine Mitte zu kommen. Ich strahlte eine Kraft und Zuversicht auf andere aus, obwohl ich das selber nicht merkte. Ich wusste instinktiv, welche Schritte als nächste zu nehmen waren. Ich hatte keine Zweifel daran, dass diese Schritte die richtigen waren …

Ich notierte mir meine Gedanken, weil sie mir wichtig erschienen und hing ihnen noch eine Weile nach. Ich war freudig aufgeregt und gespannt, wie die Reise weitergehen würde.

In den kommenden Tagen informierte ich den Rest der Familie über meine neue Bekanntschaft. Die Reaktionen waren, wie zu erwarten, verhalten. Die Zeit war auch geprägt von Marias kommendem Geburtstag. Damit hatten alle zu kämpfen.

Ich entschied, dass ich eine kleine Feier in Gedenken an Maria ausrichten würde.

Die Location war schnell gefunden. Beim Bäcker um die Ecke gab es Platz für die ganze Familie. Die Besitzer dort wussten auch um Marias Tod, sie hatten sie sogar flüchtig gekannt. Denn in dieser Bäckerei hatte sie immer die Brötchen für die Schule und Kindergarten geholt.

Ich plante alles ganz pragmatisch. Es sollte ein nettes Beisammensein bei Kaffee und Kuchen werden zum Gedenken an Maria am Tag ihres Geburtstags. Das war alles, was ich wollte. Von daher gab es auch nicht allzu viel zu organisieren. Ich lud die engste Familie ein, einige Kindergärtner, die die Kinder über die Jahre betreut hatten, und Lehrer, die uns im Moment sehr nahestanden.

Am Tag der Gedenkfeier waren wir ungefähr 30 Leute. Meine Eltern, Marias Eltern und ihr Bruder, die Leiterin des Kindergartens und eine sehr enge Bekannte von Maria.

Es war so, wie ich es mir gewünscht hatte. Ein nettes Beisammensein, wir unterhielten uns und genossen die gemeinsame Zeit. Meine Kinder nahmen den Anlass der Feier gut auf. Es tat Ihnen gut, die ganze Familie um sich zu haben. Es wurde natürlich auch über ihre Mutter gesprochen. Die Kinder löcherten Oma Petra mit Fragen zu Maria.

»Wie war sie als Kind?«, »Was hat Sie gerne gegessen?«, »Was war Ihr Lieblingstier?« – das waren ein paar der Fragen, an die ich mich noch erinnern kann.

Es war schön. Der Tag ging so zu Ende, wie ich es mir

erhofft hatte: Ruhig und andächtig. Die Kinder waren auch ausgeglichen. Es hatte ihnen sichtlich gut getan, die Wärme der Familie zu spüren.

Diese Herausforderung hatten wir also auch gut gemeistert. Am nächsten Morgen hatte ich geplant, zum Grab zu gehen. Die Kinder wollten die Geschenke, die sie gebastelt hatten, an das Grab ihrer Mutter legen.

Die Briefe und Bilder packten wir in Klarsichtfolien, das machte für meine Kinder sehr viel Sinn. Denn bis ihre Mama die Briefe zum Lesen abholen würde, wären sie bei dem Winterwetter ansonsten durchnässt oder das Papier hätte sich aufgelöst.

> Kinderlogik ist bestechend einfach und in sich stimmig.

Wir zündeten noch einige Trauerkerzen an und machten uns auf den Heimweg.

Diese Hürde war nun auch genommen. Mir war bewusst, dass wir in diesem ersten Jahr alle besonderen Ereignisse auf eine ganz spezielle Art und Weise erlebten. Alles, was geschah, passierte ohne die Mutter. Alle Erlebnisse, die meine Kinder noch letztes Jahr mit ihrer Mama gemeinsam genossen hatten, waren das erste Mal ohne sie besonders schwer für die Kinder. Weihnachten, Silvester, Ostern, die Schulfeste … Wir würden es immer spüren …

Das Weihnachtsfest war weniger traurig, als ich es mir vorgestellt hatte. Am ersten Feiertag waren meine Eltern da, am zweiten Oma Petra und Opa Frank. Es gab Geschenke und es wurde lecker geschlemmt. Einen Braten konnte ich leider noch nicht zu zaubern, aber meine Kochkünste wurden immer besser.

Dieser Tage reifte in mir eine Erkenntnis. Ich hatte in den letzten Monaten so viele wirklich traurige Dinge erlebt, so viele Hürden zu meistern, so viele schwere Gespräche zu führen und so viele Steine auf meinem Weg. Alles hatte ich gemeistert. Vielleicht nicht perfekt. Vielleicht nicht so schnell. Vielleicht nicht so verständnisvoll. Vielleicht nicht so geduldig. Das war auch nicht so wichtig. Wichtig war, dass ich mich allem gestellt hatte. Ich hatte mich nicht in die Opferrolle begeben! Sondern alles, egal wie schwer es auch war, angenommen und nach vorne geblickt.

Ich habe gelernt, das man alles im Leben schaffen kann. Alles. Es gibt keine Grenze. Die Grenzen, die wir meinen zu sehen, existieren nur in unseren Köpfen.

Sobald wir über die vermeintliche Grenze hinweggehen, verschieben wir sie automatisch. Eine Grenze, die zuvor vorhanden war, stellt sich dann in der Rückschau als kleine Hürde dar, die wir erfolgreich gemeistert haben.

Alle Herausforderungen im Leben sind Aufgaben. Es ist nur die Frage, wie wir mit diesen Aufgaben umgehen. Das ist das ganze Geheimnis. Nicht mehr und nicht weniger. Unsere Einstellung entscheidet alles. Wenn ich mich dazu entscheide, mich von meinem Schicksal runterziehen zu lassen, wird es so sein. Wenn ich mich entscheide, mein Schicksal anzunehmen und nach vorne zu schauen, wird es so sein. So einfach ist es. Man braucht nicht jahrelang studieren, um hinter diese Geheimnisse zu blicken. Man muss nur die Augen und vor allem sein Herz öffnen.

# Silvester 2014

Es war der letzte Tag des Jahres 2014. Ich war mit meinen Kindern nach Gütersloh gefahren, um mit meinen Verwandten und der Familie gemeinsam Silvester zu feiern.

Meine Tante *Nesrin* und mein Onkel *Ibrahim* aus Stuttgart waren dort, meine beiden Cousins *Volkan* und *Serkan*, mein Cousin *Muzaffer* mit seiner Frau *Gönül* und seinem Sohn *Kaan*, mein Onkel *Ilker* mit seiner Frau *Nuray* und den 2 Kindern *Emre* und *Gamze*, meine Eltern *Fatma* und *Ilyas* und meine Schwester *Derya*.

Es war eine lustige Stimmung. Wir machten viele Spiele, es gab leckeres Essen, wir tanzten und alberten herum. Die Kinder waren ausgelassen. Doch ich kannte sie und wusste jeden ihrer Blicke zu deuten. Jede noch so kleine Geste ließ mich ihre Stimmung ablesen.

Ich spürte, dass sie sich wohlfühlten im Schoss der Familie, doch das Gefühl, dass jemand fehlte, jemand Wichtiges, war in ihnen. Ich sah es, ich spürte es.

An Silvester ließen wir Raketen gen Himmel steigen. Schöne, bunte Farben breiteten sich über unseren Köpfen aus. Der Himmel erstrahlte in den buntesten Lichtern. Wir umarmten uns alle, die meisten aus unserer Familie weinten. Ich schickte meiner Liebsten noch schnell einige Nachrichten. Ich vermisste sie und hätte sie auch gerne an meiner Seite gehabt.

In der Wohnung feierten wir noch fröhlich weiter. Ich spürte, dass es meiner Tochter nicht gut ging. Ich fand sie im Kinderzimmer meines Cousins. Sie saß in der Ecke und weinte. Freud und Leid – wieder so untrennbar miteinander vereint …

Ich setzte mich zu ihr, nahm sie ganz fest in den Arm und wir weinten gemeinsam.

Ich entschied, mit den Kleinen wieder nach Hause zu fahren. Für uns war der Höhepunkt des Abends erreicht. Die Akkus waren sowohl psychisch als auch physisch leer.

Außerdem wollte ich die Stimmung nicht runterziehen. Alle hatten das Recht, zu feiern, das wollte ich ihnen nicht nehmen. Es war Zeit für uns, zu gehen. Wir verabschiedeten uns mit vielen Tränen von allen und machten uns auf den Heimweg. Zwei Stunden Heimfahrt lagen jetzt vor uns. Die beiden waren noch wach und wir redeten noch lustiges Zeug während der Fahrt, über unsere Wünsche für das neue Jahr und sangen noch ein paar Spongebob-Lieder im Auto.

Irgendwann schliefen sie. Im Rückspiegel sah ich ihre friedlichen Gesichter. Dieses Ereignis hatte sie wieder mitgenommen. Beide waren blass. Meine Tochter sah ganz und gar nicht gut aus. Sie hatte ganz tiefe Augenringe. Die Trauer fuhr mir in die Knochen. Auf unserer Heimfahrt durch die Silvesternacht am 1. Januar 2015 um 2.00 Uhr morgens auf der Autobahn hatte ich Zeit zum Nachdenken. Alleine mit meinen Kindern. Traumatisiert und erschöpft. Gefordert und gezeichnet. Mein guter Vorsatz war, weiterhin so stark zu bleiben, damit ich künftig meinen Kindern Mut machen konnte. Ich wünschte mir, dass bei mir und Lucia das Besondere weiterhin bestehen blieb.

### *Neues Jahr – neues Glück.*

Wir genossen die restlichen freien Tage, wie man es im Januar eben so macht. Draußen war es kalt und nass, also machten wir es uns in der Wohnung so gemütlich wie möglich. Wir spielten viel, waren kreativ tätig mit Malen, Basteln und Singen und kuschelten oft auf dem Bett und schauten Märchen, die zu dieser Zeit im Fernsehen gezeigt wurden.

Ich hatte täglich Kontakt mit Lucia. Auch wenn wir nicht so viel Zeit miteinander verbringen konnten, wie wir es uns wünschten, wuchsen wir zusammen. Sie bekam alle meine Stimmungen mit und ich ihre.

Im neuen Jahr dauerte es zwei Wochen, bis wir uns sehen konnten. Die Sehnsucht war unerträglich. Noch dazu, wenn man(n) – wie ich – sich danach sehnt, sich anlehnen zu können anstatt immer der Fels in der Brandung zu sein. Keine Stärke zeigen zu müssen. Das konnte ich bei Lucia und ich konnte so sein, wie ich nun mal bin.

Unsere gemeinsamen Momente vergingen viel zu schnell. Wenn man eine oder zwei Wochen wartet, bis man sich wieder sieht, sammelt sich allerhand an, was man gerne besprechen möchte. Und so kam es, dass wir die Nächte fast immer bis in die Morgenstunden durchmachten. Wir führten tolle und sehr tiefsinnige Gespräche, die uns einander sehr nahebrachten und in denen wir sehr ehrlich mit unseren Wünschen umgingen. In unserer Lage mit der Verantwortung für unsere Kinder ist es sinnvoll, ehrlich zu sein. Wir sprachen schonungslos alles aus, was uns auf den Herzen lag. Ganz gleich, ob das für den Partner vielleicht unangenehm war im ersten Moment. Falsch verstandene Zurückhaltung, um dem anderen zu gefallen, wäre bei uns fehl am Platz gewesen. Das konnten wir uns einfach nicht erlauben. Dafür hing von uns beiden zu viel ab.

Die Monate Januar und Februar vergingen schnell. Am 1. März feierten wir den Geburtstag meiner Tochter. Da Sie in einem Schaltjahr geboren wurde, gab es in diesem Jahr keinen 29. Februar.

Ich beschloss, meine Eltern und Lucia auf dem Kindergeburtstag miteinander bekannt zu machen. Ich hatte schon viel über uns erzählt; nun war es an der Zeit, dass sich alle persönlich kennenlernten. Ceylins Geburtstag war lustig und aus meiner Sicht ein gut passender Zeitpunkt. Spielen, Essen, Geschenke auspacken, Spaß haben. Wann hätte ein besserer Moment sein können?

Meine Eltern und Lucia kamen auf Anhieb gut miteinander klar, das merkte man. Auch unsere vier Kinder lernten sich mit jedem Treffen immer besser kennen. Der Größe nach aufgestellt, gaben die kleinen »Orgelpfeifen« ein fantastisches Bild ab. Estelle als Nesthäckchen, dann Diego, Ceylin und schließlich Devin als großer Bruder.

Wir feierten noch gemeinsam bis in den Abend, dann verließen uns unsere Gäste wieder.

Ich war glücklich. Heute hatten wir es alle gemeinsam geschafft, dass meine Tochter nicht zu traurig war. Natürlich hatte sie traurige Phasen: dies war ihr erster Geburtstag ohne ihre Mutter. Aber wir hatten das Beste daraus gemacht. An diesem Tag war so viel Aufregendes passiert, dass sie nicht so viel Zeit zum Nachdenken hatte. Manchmal hilft eben auch einfach Ablenkung.

In zwei Wochen stand Lucias Geburtstag an. Ein guter Zeitpunkt, die Familien beider Seiten zusammenzubringen, beschlossen wir gemeinsam.

Schließlich war ich auch sehr neugierig auf Lucias Geschwister und ihre Eltern.

Wie würden sich meine und ihre Eltern verstehen? Viele lustige und spannende Situationen standen uns da bevor.

Bei unserem nächsten Treffen gab es neue große Nachrichten

für Lucia. Sie wusste noch nichts von ihrem Glück und meinem Plan, den ich im Kopf hatte. Allzu lange hatte ich nicht darüber nachgedacht. Ich nutzte meine Intuition und mein Bauchgefühl. Das hatte mir in den letzten Monaten sehr viel weitergeholfen und ich hatte gelernt, darauf zu vertrauen. So war es auch dieses Mal.

»Komm, setz dich, ich will dir etwas sagen beziehungsweise dich etwas fragen«, strahlte ich Lucia an. Lucia hatte keine Ahnung, was passieren würde. Das war gut so.

»Pass auf: ich liebe dich sehr und du weißt, dass ich nach diesem einen Jahr Home-Office in Essen wieder nach Bad Kreuznach ziehen werde. Nun dachte ich mir, wenn ich schon ein neues Leben beginne, warum nicht gleich mit dem Menschen, den ich liebe? Willst du mit mir mitgehen nach Bad Kreuznach, mein Schatz?« Sie schaute mich sehr erstaunt an, aber ich sah in ihren Augen, dass es etwas in ihr bewegte. »Du brauchst nicht sofort antworten«, grinste ich. »Nimm dir die Zeit, die du brauchst.«

»Ich weiß, es ist ein großer Schritt. Dein Job, dein Umfeld, deine Familie sind hier, deine Kinder gehen hier in den Kindergarten, dein ganzes Leben spielt sich hier ab«, sagte ich. »Es wäre ein Neuanfang für uns alle. Es wäre doch ganz gut, wenn man so einen Schritt schon wagt, ihn gleich gemeinsam zu machen. Stell dir vor, ich würde mit meinen Kleinen erst mal alleine dorthin ziehen. Dann bliebe uns nichts anderes übrig, als jedes Wochenende zu pendeln. – Du weißt ja selbst, wie anstrengend das mit kleinen Kindern ist. Außerdem wachsen wir dann gemeinsam in ein neues Leben rein. Dann wäre für uns alle, alles neu. Wir könnten dann direkt nach einer passenden Wohnung für unsere Familien Ausschau halten. Die Kinder könnten direkt mit der neuen Situation, mit den neuen Partnern, mit den neuen Geschwistern zusammenwachsen. Du wirst es schon fühlen, was das Richtige für dich und deine Kinder ist. Höre in dich hinein und du wirst wissen, welcher Weg für euch der Beste ist. Sag mir einfach Bescheid, wenn du so weit bist.«

Wir verbrachten noch einen schönen Tag miteinander. Es lag etwas in der Luft. Wir wussten beide, dass in einigen Monaten nichts mehr so sein würde wie jetzt. Ich sollte im Sommer nach Bad Kreuznach ziehen. Das war Fakt und stand schon fest.

Die Wohnung in Essen war zum Sommer bereits gekündigt. Alles andere war noch vollkommen unklar. Wie wunderbar es sich anfühlte, die Zukunft nicht ganz fest im Griff haben zu wollen und einmal nicht alles Monate im Voraus im Detail zu wissen. So konnte ich dem Leben einfach vertrauen, dass alles zur rechten Zeit in die richtigen Bahnen gelenkt würde. Ich fühlte mich sehr wohl mit diesem Gedanken und genoss ihn. Er befreite mich von jeglichem Druck.

Alle beschweren sich darüber, dass sie immer weniger freie Zeit für sich haben, knallen sich aber ihre privaten Kalender voll mit Terminen. Am besten jeden Tag die nächsten Monate schon verplant haben, damit bloß kein »Leerraum« entsteht. Kann denn keiner mehr freie Zeit ertragen? Also Zeit, in der nicht irgendetwas geschehen oder erledigt werden muss? Zeit, in der man einfach nur *ist*. Ohne Plan und ohne Ziel. Einfach nur sein. Können wir das nicht mehr?

Meinen Eltern wollte ich meinen Entschluss, Lucia mitzunehmen, erst mitteilen, wenn ich ihr Einverständnis hatte.

Vorher stand aber erst noch das gemeinsame Familientreffen an Lucias Geburtstag an.

Am darauf folgenden Wochenende war es so weit; es war

bereits März. Das war der Hauptgrund, dass wir alle da waren: meine Eltern, ihre Eltern, meine Geschwister, ihre Geschwister und natürlich unsere vier kleinen Racker. Alle waren da und begegneten sich zum ersten Mal. Es ist immer ein besonderer Moment, wenn fremde Menschen aufeinandertreffen. Es war ein sehr schöner Geburtstag. Jeder hielt sich vornehm zurück, wie das immer so ist, wenn man sich noch herantastet an neue Menschen. Meiner und Lucias Vater sind sofort auf einer Wellenlänge. Beide sind Einwanderer der 2. Generation und haben ihr Leben lang hart gearbeitet. Mein Vater als Maschinenführer im Dreischichtbetrieb seit 40 Jahren. Lucias Vater als Gastronom und selbstständiger Inhaber eines Restaurants fast noch länger.

Zwei Menschen, die sich ihren Familie verschrieben haben, die ohne Meckern und Murren ihr Ding durchgezogen haben. Das waren Männer mit Prinzipien, ich schätzte beide sehr. Auch ihre spezielle Art von Humor, den sie alle beide vorwiesen. Sehr spitz und zynisch. Besonders Antonio, Lucias Vater, hatte unfassbar viele Witze in seinem Repertoire. Ich mochte ihn direkt sehr und schloss ihn sofort in mein Herz.

Die Unterhaltungen waren sehr nett. Insgesamt hüpften sieben Kinder durch Lucias kleine Wohnung, dementsprechend ausgelassen war die Stimmung. Lucias Bruder hatte noch einen kleinen Sohn, die Schwester einen Sohn und eine Tochter. Familienfeste würden in Zukunft also alles andere als langweilig sein, ging es mir durch den Kopf.

Wir aßen alle mit Genuß, Lucia kochte einfach zu gut. Ich sah schon in Zukunft meine körperliche Form aus dem Ruder laufen. Wir unterhielten uns noch eine Weile, gegen Abend verließen uns unsere Gäste wieder.

Lucia und ich saßen am Tisch und beobachteten die Kinder, die gerade einen Zeichentrickfilm anschauten. Wir hingen unseren Gedanken nach. Es war ruhig und die Stimmung war angenehm. Lucia hatte einen schönen Geburtstag.

### So fühlt sich eine Familie an.

Lucia schaute mich an. »Ich muss dir etwas sagen.« Was kommt jetzt?, fragte ich mich. »Ich habe mir Gedanken über dein Angebot gemacht. Ich werde mit dir mitkommen.«

Ich war platt und sehr gerührt. Ich grinste über beide Ohren. Was für ein Zeichen. Ein Zeichen der Liebe. Was für einen Mut diese Frau hatte. Sie wusste nicht, was auf sie zukommen würde. Wir kannten uns erst seit zweieinhalb Monaten. Sie vertraute einfach. Sie vertraute mir. Sie vertraute unserer Liebe. Was für ein Statement für die Liebe!

»Ich weiß nicht, was ich sagen soll, das ist eine wunderbare Nachricht, Schatz«, druckste ich herum. »Wir werden es schaffen, ich werde für dich da sein. Ich danke dir für dein Vertrauen.«

Die ganze Rückfahrt über grinste ich. Die Kinder wollten wir erst von dieser Neuigkeit unterrichten, wenn sie ein wenig vertrauter miteinander waren.

Bis zum Umzug waren es noch knapp drei Monate. Zwei Leben sollten zu einem verschmelzen. Und das an einem Ort, der 250 Kilometer weit weg lag.

Logistisch war unglaublich viel zu regeln und zu organisieren. Aber wir waren getragen von unserer Euphorie und unserer Liebe, die von Tag zu Tag stärker wurde. Diese Liebe setzte in uns enorme Mengen an Energie frei, die wir die nächsten Monaten sehr gut gebrauchen konnten.

Gemeinsam arbeiteten wir eine Liste aus, was alles erledigt werden musste bis zum Umzug.

Dinge, die auf unserer Liste gelandet waren:

Es musste eine neue Wohnung gefunden werden, die auch groß genug und natürlich bezahlbar für uns war. Die Kinder mussten an neuen Schulen und Kindergärten angemeldet werden. Lucia musste mit ihrem Arbeitgeber reden. Wie es jobtechnisch bei ihr weitergehen sollte, wussten wir zu diesem Zeitpunkt noch gar nicht. Wir mussten zwei Wohnungen auflösen und unser neues Heim bis auf die Küche komplett neu einrichten. Lucia hatte ein kleines Auto, meines war ein wenig größer, aber in einen Kombi passten auch keine sechs Personen rein. Also mussten unsere beiden Autos verkauft werden und ein neues musste her, in das wir alle reinpassten. Die Kinder mussten aus allen Vereinen abgemeldet werden. Lucia musste ihre Wohnung kündigen. Wir mussten uns alle komplett ab- und ummelden …

Diese und noch unzählige weitere Sachen standen uns bevor. Und das parallel zu unser beider Vollzeit-Berufstätigkeit und den Kindern. Schließlich waren wir Eltern und konnten uns bei unseren Erledigungen nicht unendlich Zeit lassen. Da Lucia in Düsseldorf auch keine Familie hatte, denen sie zwischendurch die Kinder geben konnte, so wie ich, musste alles pragmatischer gehen.

Wir lernten in dieser Zeit, schnell Entscheidungen zu treffen. Nicht weil wir das so toll fanden oder so geübt darin waren, blitzschnell Entscheidungen zu treffen, sondern weil wir es einfach *mussten*. Wir konnten es uns einfach nicht erlauben, herumzutrödeln. Es fiel uns aber auch nicht sonderlich schwer, schnell und nach Gefühl zu entscheiden.

Der Frühling hielt langsam Einzug. Alles erblühte, die Sonne ließ sich wieder öfters blicken, das hob auch die Stimmung bei den Kindern. Die traurigste Phase schien fürs Erste hinter uns zu liegen.

Mit der Abarbeitung unserer Liste kamen wir gut voran. Immer wenn ich zu Präsenzterminen in der Firma war, blieb ich für zwei bis drei Tage in Bad Kreuznach, um mir Schulen oder Kindergärten anzuschauen oder vorzusprechen.

Wohnungen mit 5 Zimmern waren leider gar keine zu finden. Also schwenkten wir kurzerhand um auf Häuser. Einige schaute ich mir an, aber irgendein Haken war immer dabei. Entweder fehlte ein Kinderzimmer oder das Haus war so weit ab vom Schuss, dass der organisatorische Aufwand, morgens die Kinder pünktlich in Schulen und Kindergärten zu verteilen, zu groß gewesen wäre. Manchmal waren auch wir selber der Haken. Wenn wir sagten, dass wir eine Multikulti-Patchwork-Familie mit vier Kindern waren, wurde uns oft schon am Telefon die Absage erteilt. Da kam man sich schon asozial vor und fühlte sich fast so, als müsste man sich entschuldigen, 4 Kinder zu haben. »Für uns wird das Richtige schon noch kommen«, meinte ich zu Lucia am Telefon. Als Multikulti-Patchwork-Familie etwas zu finden, war wirklich nicht leicht. Wir vereinten fast ganz Europa unter einem Dach in Zukunft: ich habe türkischstämmige Wurzeln, Lucia italienische und kroatische.

Im Mai beschlossen wir, den Kindern und der Familie unser Vorhaben mitzuteilen – wir selber nannten es spaßeshalber »Patchwork-Projekt«.

Meine Eltern reagierten zwar sehr überrascht, aber nahmen es positiv auf. Sie vertrauten ihrem Sohn, so wie sie es schon immer getan hatten. So, wie ich es in unsere Familie auch mit auf den Weg gegeben bekommen hatte: einfach Vertrauen haben in das Leben.

»Wenn ihr euch das gut überlegt habt, macht es. Vorher kann

man sowieso nicht sagen, wie es wird«, sagte meine Mutter. Mein Vater war der gleichen Meinung und wünschte uns viel Glück.

Der Gegenwind, den Lucia von ihrer Familie erntete, war ein wenig stärker.

Dies konnte ich vollkommen verstehen und auch nachfühlen. Es war ihre Tochter und es waren ihre Enkel, die dann nicht mehr um die Ecke wohnten und jederzeit erreichbar waren. Und natürlich sorgten sie sich. Schließlich hatten sie mich bis dato nur an Lucias Geburtstag gesehen. Vielleicht fragten sie sich, ob ich mich gut um 2 neue Kinder kümmern würde. Ob ich mich um Lucia gut kümmern würde. So etwas kann einer Familie Sorgen bereiten. Durch gemeinsame Gespräche mit Ihrer Familie wuchs auch hier das Vertrauen und wir bekamen unseren Segen den Weg zu gehen, den wir geplant hatten. Unsere Liebe war echt und es bestanden keine Zweifel daran, dass wir beide zu unserer Entscheidung standen und sie uns gut überlegt hatten.

Wir glaubten fest an uns und unsere Liebe.

*Die Liebe gibt einem Kraft und Zuversicht, auch schwierige Zeiten durchzustehen.*

Es vergingen einige Wochen, ohne dass wir ein Haus fanden. Eigentlich hätten wir nun anfangen müssen, uns Sorgen zu machen, aber Lucia und ich blieben ruhig. Das Richtige würde uns schon rechtzeitig erreichen! So war es letztendlich auch. Eines Morgens hatte ich um 5.00 Uhr schon die erste Nachricht von Lucia auf dem Handy. Es war ein ganzes Haus: ein Objekt in Bad Kreuznach. Zentral, groß genug und bezahlbar. Fast ein Jackpot in dieser Stadt. Die Anzeige war sehr frisch drin und auch kurz darauf schon wieder draußen. Sie wurde aufgrund der immensen Nachfrage sehr schnell wieder entfernt. Die ersten zehn Termine wurden innerhalb von 40 Minuten vergeben.

Das Großartige ist, Lucia war die Erste, die angerufen und einen Besichtigungstermin bekommen hatte. Sie hatte den Makler quasi aus dem Bett geklingelt. Wow!, wir freuten uns riesig. Jetzt musste es nur noch bei der Besichtigung klappen, dann wäre eine weitere große Hürde für uns geschafft.

Wir setzten unsere gemeinsame Energie und all unsere Wünsche in dieses Objekt. Es gefiel uns sehr und wir wollten es unbedingt haben. Diesen aufrichtigen Wunsch sendeten wir ins Universum.

Unsere Wünsche gingen in Erfüllung. Die Besichtigung mit dem Makler lief sehr gut. Ich war für Lucia Augen und Ohren – obwohl sie nicht dabei sein konnte, bekam sie alle Informationen fast in Echtzeit von mir übermittelt. Wir erfüllten alle Voraussetzungen und der Makler legte beim Vermieter ein gutes Wort für uns ein.

Eine Woche später war dann der Termin mit dem Vermieter. Es war geschafft! Der Mietvertrag unterschrieben. Lucia hatte im Hintergrund alles koordiniert. Eine reife Leistung mit Kindern und Vollzeit-Job …

Das Beste dabei war, sie war noch nicht ein einziges Mal in dieser Stadt, in der sie demnächst leben sollte. Wie unfassbar groß musste ihr Vertrauen sein, um so agieren zu können?

Ich war immer wieder überrascht von dieser Frau. Einfach einmalig!


Ich beschloss, Lucia am nächsten Wochenende ihre neue Heimat und das Haus zu zeigen.

Wie aufgeregt sie war, kann ich während der zweistündigen Fahrt spüren. Es war leider schon Abend, als wir ankamen.

Viel sah Lucia also erst mal nicht von der Stadt. Das störte sie nicht weiter. Die Stimmung, die über diesem Abend lag, war einfach wunderbar. Es war ein schöner, lauer Maiabend. Wir holten uns etwas aus der Pizzeria und aßen mangels Besteck und Gläsern aus dem Karton. Das Haus war noch vollkommen leer. Außer zwei kleinen Matratzen und Decken war nicht viel im Haus. Mit einer Baulampe zauberten wir uns schummeriges, romantisches Licht. Es war schön. Wir waren erfüllt. Es fehlte uns an nichts, denn wir hatten uns.

Am nächsten Tag zeigte ich Lucia die tollsten Ecken von Bad Kreuznach im Schnelldurchlauf. Sightseeing mal anders. Dieser Luftkurort gefiel ihr sehr gut. Es hat, im Vergleich zu Düsseldorf, eine lächerlich kleine Fläche und die Anwohnerzahl von Bad Kreuznach passt wahrscheinlich in einen Stadtteil von Düsseldorf. Alles ist quasi fußläufig zu erreichen, was für eine Patchwork-Familie sehr von Vorteil ist. Kurze Wege mit vier Kindern erleichtern das Leben ungemein.

Wir gingen mit einer Liste durch das leere Haus und richteten es in Gedanken und auf einem Zettel ein. In zwei Stunden war die Planung erledigt. So schnell kann es gehen, wenn man will. Wer will, der kann. Wir haben nicht die Zeit, tagelang über Tapetenmuster zu reden und ehrlich gesagt wollen wir sie uns auch nicht nehmen. Für uns sind andere Sachen vorrangiger. Wir verbringen die wenige Zeit, die wir gemeinsam haben, lieber zusammen anstatt im Baumarkt.

Jetzt hatte Lucia im Schnelldurchlauf ihre Zukunft kennengelernt. Sie war offen und es gefiel ihr sehr gut. Durch ihre beruflichen Tätigkeiten in London und Madrid war sie Veränderungen gewohnt und konnte sich sehr gut an die neuen Gegebenheiten anpassen. Wir beide wussten, dass das, was wir vorhaben, groß ist. Aus zwei halben Familien eine ganze zu machen ist nicht das einfachste, vor allem wenn einen so ein Background begleitet! Es gab vieles, was sich uns in den Weg stellen konnte. Vieles, das wir nicht planen oder vorher ahnen konnten. Was wir aber wussten war: so lange unsere Liebe stark genug war, würden wir es schaffen.

*Unsere Liebe war die Basis und das Fundament unseres neuen Lebens. Wir blickten voller Zuversicht in unsere Zukunft.*

# Die letzte Etappe

Die nächsten Wochen vergingen mit der Abarbeitung unserer To-do-Liste. Lucia kümmerte sich um alles Schriftliche, was erledigt werden musste, machte Termine und koordinierte die ganze Umzugsunternehmung. Ich übernahm alles, wo man handwerklich tätig werden musste und die Termine vor Ort in Bad Kreuznach. Bei jedem Besuch in unserer neuen Heimat packte ich das Auto voll mit Kartons und Gegenständen, die in den alten Wohnungen nicht mehr gebraucht wurden. Ich führte die Gespräche mit den Schulleitern, deren Schulen wir uns ausgesucht hatten und bei der Verwaltung der Kindergärten. Dank Lucias Vorgesprächen verlief alles relativ reibungslos. Wir bekamen für jedes Kind den gewünschten Schul- und Kindergartenplatz.

Keine Selbstverständlichkeit heutzutage. Dabei war uns auch sicher unsere Geschichte hilfreich, die bei allen, die damit konfrontiert wurden, Mitgefühl weckte. Die Menschlichkeit siegte auch hier wieder über die Bürokratie …

Da wir das Haus unrenoviert übernahmen, war auch hier noch genug zu tun. Insgesamt war ich sechs Wochen lang damit beschäftigt, das Haus in einen guten Zustand zu bringen.

Tapezieren, Streichen, Schäden ausbessern: das ganze Programm. Wenn ich im Office in Bad Kreuznach war, kam ich aber gut voran. Acht Stunden arbeiten, acht Stunden renovieren. So schaffte ich es in insgesamt 6 Wochen, das Haus bezugsfertig vorzubereiten.

An den Wochenenden nutzten wir die Zeit, gemeinsam schöne Ausflüge zu unternehmen und uns noch besser kennenzulernen. Wir bereiteten uns und die Kinder auf das kommende Abenteuer vor.

An einem dieser schönen Tage nutzten wir die gute Stimmung. »Kinder, wie würde es euch gefallen, wenn wir alle zusammen nach Bad Kreuznach ziehen würden? Ihr wisst ja bereits, dass ich nach den Sommerferien wieder dort im Büro sein muss. Ihr wisst ja auch, dass Lucia und ich uns sehr lieb haben. Deswegen dachten wir uns, dass es doch toll wäre, wenn wir alle zusammen in das neue Haus ziehen würden.«

Die Kinder bekamen ihre Münder nicht mehr zu. Eine Mischung aus Überraschung, Freude und Spannung stand den Kleinen ins Gesicht geschrieben.

Wir waren froh über die durchweg positive Reaktion der Kinder und natürlich auch erleichtert. Selbst wenn unsere Entscheidung schon fest stand, war es doch angenehmer mit dem positiven Gefühl der Kinder im Rücken.

In diesen Zeiten redete ich viel mit Lucia über Ihre Ängste und Sorgen. Ich baute Lucia immer wieder auf, wenn sie wieder durch negativen Zuspruch von aussen entmutigt wurde. Ich machte ihr bewusst, dass es die Angst und Unsicherheit war, die ihr Umfeld so handeln ließ. „Es sind ihre Ängste, es müssen nicht deine werden", sagte ich ihr immer wieder. „Lass es bei ihnen, konzentriere du dich auf das, was du erreichen willst, Du lebst Dein Leben für Dich, nicht für andere".

So machten wir immer weiter, den Blick freudvoll nach vorne gerichtet …

Nach und nach wurden unsere Wohnungen immer leerer. Das, was schon zu alt war, wurde verkauft und das, was nicht mehr in einen gemeinsamen Haushalt passte, ebenfalls. Da wir bald ein 6-Personen-Haushalt sein würden, war alles ein wenig größer als gewohnt. Die Wohnzimmercouch, der Esstisch, der Kühlschrank, die Waschmaschine, der Trockner. So ziemlich alles Wichtige wurde ausgetauscht.

Zwischendurchh verkauften wir Lucias Auto und sie bekam zum Übergang meinen alten Kombi, während ich mich auf die Suche nach einem für uns passenden Familienauto machte. Innerhalb weniger Tage hatte ich einen 7-Sitzer gefunden, der sogar noch einen Hauch von Kofferraum bot. Es war ein Ford Galaxy. Früher für mich undenkbar, so ein Auto zu fahren. Aber die Not macht vieles möglich. Nach einiger Zeit schätzte ich sogar das großzügige Platzangebot und die hohe Sitzposition.

Das Auto war für uns sehr nützlich, da man sehr viele Kartons unterbrachte, wenn die Sitze umgeklappt waren. Insgesamt schaffte ich es auf meinen Touren, circa 50 Umzugskartons nach Bad Kreuznach zu transportieren. Die restlichen folgten beim Umzug.

Mittlerweile waren wir ein perfekt eingespieltes Team. Ich machte mich auf die Möbelsuche und besuchte die einschlägigen Möbelhäuser. Da unser Geschmack ziemlich ähnlich war, was die Einrichtung anging, gab es nur wenige Diskussionen. Ich traf im Möbelhaus die Vorauswahl und dann schickte Lucia Fotos, was noch zur Auswahl stand.

Innerhalb von Minuten entschied Lucia sich dann, oder wenn noch Unklarheiten vorhanden waren, sprachen wir kurz darüber. Immer wenn ich ein Möbelhaus betrat, kam ich mit einem Ergebnis wieder raus.

Auf die Art und Weise richteten wir fast unser komplettes Haus ein – bis auf die Küche – da nahmen wir die Küche Lucias mit.

Einmal waren wir zusammen Möbel kaufen, in einem bekannten schwedischen Möbelhaus. In nur drei Stunden fegten wir durch die

Flure und kauften Lampen, Wohnzimmertisch, Stühle, Matratzen, Kinderzimmerzubehör, Küchenzubehör, Pflanzen, Sideboards, Schränke und noch etliches mehr. Leider hatten wir die Ausmaße unseres neuen Familienflitzers nicht ganz im Kopf. Als wir dann mit unseren drei großen Einkaufwagen vor dem Auto standen, mussten wir erst mal kräftig lachen. »Keine Ahnung, wie wir das jetzt da reinbekommen sollen«, jammerte ich. »Mit ein wenig Drücken klappts schon!«, lachte Lucia. So war es dann auch. Mit Pressen und Drücken bekamen wir irgendwie die Sachen alle rein. Das Auto war buchstäblich bis unters Dach gefüllt.

Bis zum finalen Umzug waren es nur noch wenige Tage. Die letzten Tage hatten wir wirklich nur noch das Nötigste in unseren Wohnungen. Unsere Matratzen, unsere Anziehsachen, einen Toaster und die Küche. Wir saßen auf Kartons, aßen aus Plastiktellern. Sehr aufregend für die Kinder. An einem Samstag war dann schließlich so weit.

*Sechs Monate nach unserem ersten Treffen, ging das große Patchwork-Familien-Abenteuer los. Wir starteten in ein gemeinsames neues Leben.*

Lucia hatte einen Umzugswagen und Helfer für sich organisiert, bei mir war es der gleiche Akt. Da bei ihr noch die Küche abgebaut werden musste, dauerte ihr Projekt ein wenig länger als meines. Nach fünf Stunden Packerei machte ich mich auf den Weg. Die Kinder verteilten wir bei den Großeltern über das Wochenende. Da ich mit dem Sprinter nicht allzu schnell unterwegs sein wollte, war ich fast vier Stunden unterwegs. Genug Zeit, um zu reflektieren, traurig zu sein und sich zu freuen auf das Neue, was uns allen bevorstand.

Gegen Abend war ich da. Ich packte, so lange ich noch Kraft hatte, so viel ich konnte aus.

Das ganze Haus war voller Kartons und Möbel, die noch aufgebaut werden mussten und Kram, der noch in die richtigen Zimmer einsortiert werden musste. Insgesamt waren es 140 Umzugskartons, die wir bewegt hatten. Da wir zwei Haushalte waren, hatten wir sehr, sehr vieles noch doppelt und manchmal sogar dreifach.

In der Nacht kam auch Lucia mit ihrem italienischen Kumpel endlich an. Ich saß in der lauen Sommernacht draußen auf der Mauer und wartete. Ein unvergesslicher Moment, als sie um die Ecke bog und mich aus dem Auto heraus anschaute.

Wir fielen uns in die Arme.

***Wir sind hier. Zusammen. Unser neues Leben beginnt.***

Die nächsten Tage und Wochen verbringen wir mit dem Auspacken der Kartons und dem Einrichten des Hauses. Unsere Familie unterstützte uns tatkräftig, bis alles seinen Platz fand und dort steht, wo es stehen soll. Die Kinder haben den längsten Sommer ihres Lebens. Durch den Bundeslandwechsel haben die Kleinen fast acht Wochen Ferien. Nach den Jahren der Umtriebigkeit genieße ich das Gefühl, endlich angekommen zu sein. Nach der Arbeit fahre ich nach Hause mit dem Wissen, nicht in eine leere Wohnung zu kommen. Meine neue Familie wartet dort auf mich. Die Tage des Alleinseins sind vorbei. Wenn ich nach Hause komme, erwartet mich jemand. Lucia begrüßt mich immer herzlich und liebevoll, wenn ich heimkomme.

Für sie auch eine ungewohnte Zeit, die sie fordert. Da ich noch keinen Urlaub habe, ist sie nämlich die ersten drei Wochen, zumindest den halben Tag alleine zu Hause mit unseren vier

Kindern, die bespaßt werden wollen und die Lucias volle Aufmerksamkeit fordern. Jedes Kind in unserer Familie versucht, erst mal seinen Platz zu finden. Auch für die Kinder keine einfache Zeit. Auf einmal sind zwei Kinder im Leben der anderen. Auf einmal hat man Geschwister, die man sich vielleicht nie gewünscht hat. Lucias Kinder müssen ihre Mutter auf einmal teilen. Meine Kinder versuchen, einen Platz im Herzen von Lucia zu finden. Jeder versucht, den anderen zu übertrumpfen, um ein wenig Aufmerksamkeit zu erhaschen. Ein Kraftakt für Lucia. Alle zerren und zehren an ihr. Wenn ich von der Arbeit komme, bin ich der Dompteur der Gefühle. Es wird besprochen, geregelt und wieder ins richtige Licht gerückt. Und weiter gehts. Durch ihre positive Einstellung bekommt Lucia dieses Erziehungshandling sehr gut hin.

Sie ist sehr flexibel und nimmt die Situation absolut fantastisch an. Sie hat so viel Liebe in sich, dass ich immer wieder erstaunt darüber bin, dass sogar für mich noch etwas übrig bleibt.

Dann beginnt unser lang ersehnter Urlaub. Unser erster gemeinsamer Sommerurlaub. Wir beschließen, ins Haus meiner Eltern in die Türkei zu fahren. Ja, zu fahren!

***Wir machen direkt den großen Stresstest. 3 000 Kilometer, sechs Personen, ein Auto.***

Das Packen wird zu einer logistischen Herausforderung: Sachen für sechs Personen für vier Wochen packen, in ein Auto, was praktisch einen Kofferraum für zwei Sporttaschen bietet ist eine Meisterleistung, die wir gut vollbracht haben. 40 Stunden …

Das ist die Zeit, die wir von Tür zu Tür brauchen. Die Fahrt an sich ist schon ein großes Abenteuer. Wartezeiten bis zu sechs Stunden an den Grenzen, in der Ferienzeit keine Ausnahme.

In diesen Zeiten lernt man, kreativ zu sein und trainiert seine Nerven, an denen vier Kinder, verständlicherweise, munter zerren. Auch das haben wir gut gemeistert.

Der Urlaub ist für uns sehr wichtig. vier Wochen am Stück Tag und Nacht zusammen zu sein, offenbart viele Geheimnisse. Da bleibt kein Gefühl verborgen, mag es noch so klein sein. Es ist ein wunderschöner Urlaub. Wir können uns erholen und uns noch näher kennenlernen. Die Sonne, die Meeresluft und das Meer wirken wie Balsam für unsere Seelen. Lucia ist die Hauptattraktion, wo immer wir auch sind. Da sie noch sehr jung wirkt, können die meisten nicht glauben, dass sie Mutter von vier Kindern ist. Ist sie ja auch nur im übertragenen Sinne. Sie ist jetzt die Mutter von diesen vier Kindern, obwohl sie nicht alle zu Welt gebracht hat. Das spielt für sie und ihre Muttergefühle aber keine Rolle. Sie schließt alle Kinder in ihr Herz und behandelt sie so, wie nur eine Mutter es kann. Das Schöne ist, dass keiner merkt, *was* für eine Familie wir sind. Dass wir uns erst seit sechs Monaten kennen und erst seit fünf Wochen zusammen unter einem Dach leben. Das Gefühl, das wir ausstrahlen, kommt an bei den Menschen. Unsere positive Grundeinstellung zu dieser neu gegründeten Familie übertragen wir auf die Kinder und auf alle, die uns kennenlernen. Für uns macht es keinen Unterschied, ob wir eine »natürlich« gewachsene Familie sind oder eine Patchworkfamilie.

Das, was wir fühlen und empfinden, ist uns wichtig. Das ist das Einzige, was für uns zählt.

Wir glauben daran, zusammen unseren Weg gehen zu können. Wir glauben daran, dass unsere Liebe stark genug ist, uns die nötige Kraft zu geben. Wir glauben daran, eine Familie sein zu können. Wir glauben an unsere Liebe.

# Anhang

# Epilog:
# Der Stein vor der
# Türe

Die folgende Geschichte handelt von einem jungen Mann. Der Vater dieses jungen Mannes war ein sehr erfolgreicher und wohlhabender Kaufmann. Eines Tages geht dieser alte Kaufmann zu einem Arzt. Der Arzt sagt dem Kaufmann, dass er sehr krank ist und bald sterben wird. Der Kaufmann denkt sich, *ich habe mein Leben gehabt, ich habe gelebt und war glücklich. Ich habe alles erreicht, was ich erreichen wollte.* Er empfindet es nicht als tragisch, er nimmt sein Schicksal an. Der Mann geht nach Hause und holt alle seine Papiere – von seinen Häusern und der Firma – sowie sein ganzes Geld und verteilt alle seine Reichtümer auf dem Tisch im Wohnzimmer. Dann ruft er alle Menschen zusammen, die für ihn gearbeitet haben. Seine Diener, seinen Koch, seinen Schneider, seine Haushälter. Er verteilt alle seine Reichtümer großzügig unter seinen Bediensteten, sodass keiner von ihnen leiden muss, wenn er nicht mehr da ist. Am Ende bleiben nur noch sein Haus und ein wenig Geld übrig. Der Kaufmann ruft seinen Sohn zu sich und erzählt ihm, was er soeben gemacht hat. Der Sohn hört ihm zu und antwortet: »Vater, wenn es so recht für dich ist, dann ist es auch recht für mich«. Der Vater sagt zu seinem Sohn: »Ich werde dir nur das Haus und ein wenig Geld hinterlassen. Du bist ein guter Junge und wirst deinen eigenen Reichtum erschaffen; du brauchst meinen Reichtum nicht dafür. Das Einzige, was ich dir als Vater gerne geben würde, werde ich dir nicht geben können. Es wird ein Punkt kommen in deinem Leben, wo du einsam sein wirst. Du wirst schon älter sein und dort sitzen an einem schönen Abend, mit einem Weinglas in der Hand. Und du wirst dir wünschen, dass eine Frau, deine Frau, neben dir sitzt. Als Vater würde ich dir gerne helfen, eine Frau für dich zu finden, aber ich werde leider nicht dabei sein. Wenn dieser Zeitpunkt kommt, dass du das Gefühl hast, eine Frau in deinem Leben haben zu wollen, erinnere dich an meine Worte und gehe zu einem Freund von mir. Er wohnt ganz im Süden unseres Landes. Du wirst ihn suchen müssen und du wirst Ihn finden. Wenn du bei ihm bist, sage ihm, wer du bist und wo du herkommst und frage ihn, ob er dir helfen kann, für dich eine gute Frau zu finden.« Kurze Zeit später stirbt der alte Kaufmann. Der junge Mann nimmt das Geld, das ihm sein Vater hinterlassen hat und wird ebenfalls ein sehr erfolgreicher Kaufmann. Er baut sich ein schönes Leben auf. Er ist nett und zuvorkommend zu seinen Bediensteten: ganz wie es sein Vater war. Er wird respektiert und geachtet. Und so wie es sein Vater prophezeit hat, kommt es dann auch. Er hat alles erreicht, was er sich gewünscht hat. Die Jahre gehen ins Land und der junge Mann wird älter. Und eines Tages sitzt er in seinem Haus, mit einem Glas Wein in der Hand und denkt über alles nach. Er denkt bei sich, *ich habe alles gut gemacht, ich bin ein guter Mann geworden, mein Vater ist bestimmt stolz auf mich. Aber ich würde gerne…* Und er merkt plötzlich, dass ihm etwas fehlt und er einsam ist. Er erinnert sich an die Worte seines Vaters und macht sich am nächsten Tag auf die Reise in den Süden. Er packt seine Sachen, sein Kamel und reitet los in Richtung Süden zu diesem Mann, von dem ihm sein Vater erzählt hat. Einige Tage später erreicht er das Haus. Er klopft an die Tür und es wird ihm geöffnet. Der alte Mann fragt ihn, warum er da ist. Der junge Kaufmann erzählt ihm seine Geschichte und dass er da ist, da ihm sein Vater von ihm erzählt hat. Der alte Mann sagt: »Gut, dass du gekommen bist, ich kann dir tatsächlich eine gute Frau finden. Ich habe damals deine Mutter für deinen Vater gefunden.« Komm in dieses Haus, wir machen das folgendermaßen: ich werde in dieses Dorf reiten und für dich einige Mädchen suchen. Es ist weit weg und du musst einige Tage hier warten. Wenn ich da bin, werde ich das Mädchen oben in das Zimmer unter dem Dach bringen. Du kannst dir das Mädchen durch das Fenster anschauen. Wenn sie dir gefällt, kannst du reingehen, um sie kennenzulernen und mit ihr zu reden. Aber: vor der Türe steht ein Stein. Und diesen Stein musst du erst bewegen. Wenn du den Stein nicht bewegen kannst, ist es nicht die richtige Frau für dich. Mit diesen Worten verschwindet der alte Mann. Drei Tage später kommt er wieder mit einem Mädchen. Wie er es gesagt hat, bringt er sie in dieses Zimmer unter dem Dach. Er geht zu dem jungen Kaufmann und sagt zu ihm: »Geh hoch, schau sie dir an und erinnere dich daran, was ich dir gesagt habe.« Der junge Kaufmann geht hoch und betrachtet diese junge Frau durch das Fenster. Er ist begeistert und überwältigt von ihrer Schönheit. Er hat noch nie eine Frau so richtig angesehen und diese blendet ihn fast mit ihrer Schönheit. Diese junge Frau sitzt dort, so in sich ruhend und spielt Laute. Der junge Mann denkt: *Ja, sie ist wunderschön.* Sein Herz klopft vor Aufregung und Freude und er entschließt sich, in das Zimmer zu gehen, um sie kennenzulernen. Aber zuerst schaut er sich diesen Stein an. Es ist kein großer Stein. Er ist nicht überdimensional groß. Der junge Mann schafft es dennoch nicht, diesen Stein zu bewegen. Was er auch tut, er kann ihn nicht bewegen. Er ist einfach zu schwer für ihn. Dann erinnert er sich an die Worte des alten Mannes. Er geht zu dem alten Mann und erzählt ihm alles. Er erzählt, dass er die junge Frau so schön fand, aber einfach den Stein nicht bewegen konnte. Der alte Mann sagt: »Dann ist es nicht die richtige Frau für dich.« Der alte Mann geht wieder weg und kommt nach drei Tagen mit einer weiteren jungen Frau wieder. Er bringt sie ins Zimmer und sagt dem jungen Mann, dass er wieder hochgehen kann, um nach ihr zu schauen. Der junge Mann geht hoch und schaut durch das Fenster. Diese junge Frau ist auch schön, nicht so schön wie die erste, aber dennoch schön. Sie spielt Harfe und es hört sich einfach wundervoll an. Diese schönen Klänge zu hören, bewegt etwas in dem jungen Mann; Emotionen kommen hoch. Er beschließt reinzugehen, um sie kennenzulernen. Doch er kann den Stein einfach nicht bewegen. Was er auch tut, der Stein bewegt sich kein Stück. Er geht zu dem alten Mann und erzählt ihm, was passiert ist. »Dann ist es nicht die richtige Frau für dich«, sagt der alte Mann. Ich werde losreiten und dir eine neue Frau suchen. Drei weitere Tage später ist der alte Mann wieder da. »Du kannst hochgehen, um sie dir anzuschauen«, sagt der alte Mann. Der junge Mann geht hoch und schaut durch das Fenster. Er sieht diese junge Frau. Sie ist nicht so schön wie die anderen, aber sie ist dennoch schön und tanzt sehr elegant. Sofort entschließt der junge Mann, sie kennen- zulernen, er will nicht mehr länger warten und seine Gefühle spielen fast verrückt. Er versucht, den Stein beiseite zu heben, aber er schafft es nicht. Mit aller Kraft versucht er es immer und immer wieder, bis er schließlich entmutigt aufgibt. Er setzt sich hin und zweifelt an sich selber: »Vielleicht bin ich einfach nicht geeignet, vielleicht gibt es keine Frau für mich. Ich werde für immer einsam sein.« Er schaut noch einmal durch das Fenster und sieht die junge Frau, wie schön sie tanzt und wie elegant sie sich bewegt. Dies macht den jungen Mann sehr traurig. Es tut ihm weh, nach all diesen Versuchen und der Erwartung ist er einfach nur enttäuscht. Er schlägt den Kopf in die Hände und fängt an zu weinen. Dann merkt er plötzlich, dass jemand vor ihm steht. Er schaut hoch und sieht die junge Frau vor sich. Sie ist aus dem Zimmer gekommen, als sie ihn weinen gehört hat. Sie sagt: »Komm, lass uns diesen Stein zusammen bewegen«. Und zusammen, mit vier Händen, heben sie den Stein hoch und legen ihn beiseite, um gemeinsam in das Zimmer zu gehen. Somit fand der junge Mann heraus, dass genau sie die richtige Frau für ihn war.

*– Auf unseren Wegen liegen mitunter sehr, sehr viele Steine. Manchmal können wir die Steine nicht alleine bewegen, sondern nur mit der Hilfe eines anderen Menschen. –*

Chris Rogers, professioneller Geschichtenerzähler – Berlin

# Nachwort

Lieber Leser. Ich hoffe, Sie konnten sich etwas von diesen Zeilen für Ihr Leben mitnehmen. Es ist das, was ich erlebt, gefühlt und gedacht habe. Ich habe nichts beschönigt oder dramatisiert. Es sind Erinnerungsprotokolle meiner Erlebnisse. Es waren nicht nur schöne Ereignisse, die ich durchlaufen habe. Diese Schicksalsschläge, in all ihrer Tiefe und Härte, waren jedoch für meine Entwicklung notwendig. Sie haben mir ein tieferes Verständnis für das Leben gegeben. In erster Linie habe ich mich noch besser kennengelernt. Ich weiß nun, wie ich mit den Herausforderungen des Lebens gut umgehen kann. Ich weiß, wie ich mich emotional aus schweren Krisen selbst wieder befreien kann. Und ich weiß, dass man dem Leben vertrauen darf. Alles was einem im Leben wiederfährt, hat einen bestimmten Grund, warum es geschieht. Es fällt uns nur sehr schwer, dieses Warum zu erkennen. Wir gehen lieber in die Zweifel und machen uns zum Opfer unserer Umstände. Das ist nicht notwendig.

Wenn ich mich in diesen schweren Tagen hängengelassen hätte, wären diese Zeilen niemals geschrieben worden, dann wäre ich nur ein weiterer gebrochener Mensch, der durch das Leben irrt.

Ich wurde vier Jahre lang auf diese schweren Zeiten vom Leben vorbereitet. Ich war alleine und musste mich mit mir beschäftigen. Mit meinen Ängsten, Blockaden und negativen Mustern. Ich kann nicht behaupten, dass diese vier

Jahre die schönsten in meinem Leben waren. In der Nachschau betrachtet habe ich mich in dieser Zeit vorbereitet und gestärkt, um das, was noch auf mich zukommen sollte, durchzustehen. Durch diese Vorbereitung konnte ich die Situation annehmen.

Ich bin nicht an diesem Ereignis verzweifelt oder zerbrochen. Eher das Gegenteil ist passiert. Aus diesem Ereignis ist das Schönste entstanden, was mir bisher in meinem Leben passiert ist. Ich habe Lucia kennengelernt.

Nicht einfach so, durch Zufall oder Glück, sondern weil ich es so wollte. Ich habe es mir gewünscht und es mir vorgestellt. Jeden Tag. Tag für Tag, ohne einen Zweifel.

Und so ist es passiert. Seitdem versuche ich, diese Gedankenkraft weiter zu steigern und erschaffe mir täglich neu das Leben, das ich mir wünsche. Hört sich an wie Humbug oder esoterisches Geschwafel? Es ist das, was ich seit vier Jahren Tag für Tag lebe und es funktioniert für mich.

Ich lebe es in meinen Gedanken und erlebe es in der Realität. Denken Sie bitte einen Moment darüber nach …

Ein halbes Jahr nach unserem ersten Sommerurlaub, genau ein Jahr nach unserem ersten Kennenlernen, habe ich Lucia einen Heiratsantrag gemacht. Neun Monate später war unsere Hochzeit. Unsere Feier haben wir, fernab aller Regeln, in einem Indoor-Kinderspieleland gefeiert und es war einfach nur wunderbar.

Nun leben wir seit mittlerweile vier Jahren gemeinsam in unserem »neuen« Leben. Wir haben Höhen und Tiefen, wie jede normale Familie auch. Wir haben Herausforderungen in der Ehe, wie jedes andere Paar auch. Unsere Kinder haben Ihre Problemchen, wie alle anderen Kinder auch.

Doch uns hält eines zusammen, was uns damals zusammengeführt hat.

Die Liebe.

Ich wünsche Ihnen, dass Sie durch die positive Ausrichtung Ihrer Gedanken Ihr Leben so gestalten können, wie Sie es sich wünschen. Was ich geschafft habe, was Lucia geschafft hat, können Sie auch. Wir sind nicht anders als Sie. Wir sind ganz normale Menschen. Wir haben unsere Probleme und Rückschläge, wie jeder von uns. Alles steckt in Ihnen. Es beginnt in Ihren Gedanken. Seien Sie positiv und schauen Sie nach vorne. Vertrauen Sie sich und dem Leben. Sie können alles schaffen, was Sie sich erträumen.

Ich freue mich, dass Sie mir Ihr Vertrauen und Ihre Zeit geschenkt haben.

# Danksagung

Mein erster Dank geht an meine Frau Lucia. Sie ist der Grund, warum ich dieses Buch geschrieben habe. Sie motiviert mich mit ihrer Liebe und ihrer Güte, täglich aufs Neue. Was sie auf sich genommen hat, damit wir zusammen sein können, ist unglaublich. Ihr Vertrauen in mich und in unsere Liebe ist unerschütterlich. Sie stärkt mich täglich und steht hinter mir, ohne einen Zweifel.

Lucia, durch dich habe ich das gefunden, was ich mir ein Leben lang gewünscht habe. Ich danke dir aus tiefstem Herzen, dass du an meiner Seite bist. Du bist die Quelle meiner Inspiration und meiner Liebe. Ich liebe dich zutiefst.

Ich danke meinen Kindern Devin, Ceylin, Diego und Estelle. Ihr zeigt mir jeden Tag, wie man durchs Leben gehen kann und sollte. Von euch lerne ich täglich und wachse daran. Dafür danke ich euch. Ihr konntet euch euer Schicksal nicht aussuchen und doch habt ihr alles angenommen und geht fantastisch durchs Leben. Ich weiß, dass ihr sehr starke Persönlichkeiten seid und euren Weg im Leben gehen werdet. Mein Rat an euch: sucht nicht nach dem Erfolg, sucht nach eurem Glück!

Ich danke meiner Familie. Meiner Mutter Fatma, meinem Vater Ilyas, meiner Schwester Derya. Ihr seid immer da. Egal was kommt, ich kann auf euch zählen. Das stärkt mich ungemein.

Ihr habt mich mit eurer Liebe großgezogen. Die Liebe war das Wichtigste in unserer Familie. Diese nie enden wollende Liebe ist der Grund, warum ich der Mensch bin, der ich nun bin. Diese Liebe ist in mir und wird für immer in mir sein. Ich liebe euch.

Ich danke meinen Cousins Emre, Gamze, Volkan, Serkan, Onur, Cansu, meinen Onkels und Tanten, Ibrahim, Nesrin, Ilker, Nuray, Nuran, Hülya, Ali, Nusret und allen nahen Familienmitgliedern und Freunden, die mir in dieser Zeit so sehr geholfen haben.

In den schwersten Zeiten meines Lebens wart Ihr an meiner Seite. Ohne Erwartungen. Ohne Bedingungen. Ihr habt mich gestützt und mir Kraft gegeben. Dafür bin ich euch ewig dankbar. Besonders erwähnen möchte ich meinen Cousin Muzaffer. Das, was du für mich getan hast, ist mit Worten nicht zu beschreiben. Du hast mein Leid geteilt in den schwärzesten Stunden. Du hast mir nicht nur dein Ohr, deine Logik und deinen Verstand, sondern auch dein Herz geschenkt. Du bist ein wunderbarer Mensch. Ich danke Dir.

Danke sagen möchte ich auch Dir liebe Roswitha. Du hast mein Denken in eine neue Richtung gelenkt, dies war der wunderbare Wendepunkt für meine persönliche Entwicklung.

Ein spezieller Dank geht an Angelika H. Wenn Du Lucia nicht so hartnäckig motiviert hättest am Ball zu bleiben, hätte ich Sie niemals kennengelernt.

Danken muss ich auch allen Menschen, die in diesen Zeiten Kontakt mit mir hatten. Seien es Beamte von den Behörden,

Lehrer, Kindergärtner, Postbeamte, Vermieter, Richter. Ihr habt bürokratische Vorgänge menschlich gemacht. Ich bin dankbar, diese Menschlichkeit bei Fremden gespürt zu haben.

Danken möchte ich auch meinen Kollegen – allen voran Frau Melanie K., die Vieles in meiner Abwesenheit im Büro in einer Art und Weise geregelt hat, dass ich meine Hut ziehe, sie war da. Menschlich und Bedingungslos. Ich danke meinen Vorgesetzten, dass Sie mir Vieles möglich gemacht und sich für mich verbürgt haben, damit ich mein Leben wieder regeln kann. Danken möchte ich meinen Kollegen, deren Nachsicht und Mitgefühl in jedem Gespräch spürbar waren. Danken möchte ich dem Unternehmen, das mir so viel Vertrauen geschenkt hat.

All das hat mir gezeigt, dass in Zeiten der Not, die Menschlichkeit dort ist, wo sie sein sollte: In den Herzen der Menschen.

Ich danke euch allen aus tiefstem Herzen und wünsche euch alles erdenklich Gute.

# Buchempfehlungen

Doreen Virtue: „Himmlische Führung"
Rene Egli: „Lola Prinzip"
Wayne Dyer: „Die lebendige Weisheit des Tao"
Paulo Coelho: „Handbuch des Kriegers des Lichts"
Eckhart Tolle: „ Leben im Jetzt"
Neale Donald Walsch: „Gespräche mit Gott"

Lieber Leser, hat Ihnen dieses Buch gefallen? Dann würde ich mich sehr über Ihre Rezension bei Amazon freuen. Rezensionen sind sehr wichtig für uns Autoren, damit auch andere Menschen dieses Buch kennen lernen können. Vielen herzlichen Dank für Ihre Zeit und Mühe.

———————————

**www.der-späte-start.de** –
Termine und Aktionen zu Lesungen, Hintergrundberichte uvm.

**www.change-is-in-you.de** –
Veränderung annehmen und Leben

**www.christian-rogers.com** –
Storyteller and Perfomer – one of the best there is!

**www.ivoi.de**
Bilder, die Ihren Lebensraum in neuem Licht erstrahlen lassen